ギリシア悲劇の諸相

丹下和彦

未知谷
Publisher Michitani

まえがき

ギリシア悲劇というと皆さんはすぐに『オイディプス王』を思い浮かべるでしょう。たいへん有名で、これまでもしばしば話題になってきた作品ですからね。たしかに傑作であり、問題作です。

でも『オイディプス王』だけがギリシア悲劇ではありません。全部で三三篇の作品が現存していますが、残りの三二篇も多士済々、いまも観る者、読む者を刺激し、督励し、楽しませてくれます。

ただ二四〇〇余年の年月を越えて残り続ける作品のすべてが秀作揃いかというと、そうともいえません。残存作品のすべてが競演会の優勝作品であったわけではないのです。尤も優勝作品だからといって優秀作品という保証はありません。競演会の審査方法が必ずしも信用できるものではないからです。これは現代でも同じでしょう。

文芸作品は何をもって優秀とするか？　審査基準の設定には難渋します。審査に当たる人間がすべて学識、経験ともに優れた存在であるとは限りません。そもそも最終的に個人審査員となるわれわれ自身がまた個々に異なる審美眼の持主ではありませんか。『オイディプス王』はどうもネ、という人が居るでしょうし、居ても不思議ではありません。初演時の評価が低くても、時代が変わって高評価を受ける作品も出てきます。『オイディプス王』は、実は上演年代も審査結果も不詳です。わかっていないのです。しかし二四〇〇余年後の現代のわれわれはギリシア悲劇の最高峰、その一つという評価を与えています。われわれは初演時の評価を知らぬままに、それとは関係なく、現在の時点での評価をしているのです。

作品を観たり読んだりしているのは今のわれわれです。今のわれわれが評価を下しているのです。過去の名声――そんなものがあってもそれにこだわる必要はありません。今のわれわれが評価を下せばよいのです。古典作品はいつの時代の読者にもその要望に応えるだけの器量と多様性を持っています。逆に言えば、われわれの要望に合わぬ場合は拒否すればよいのです、『オイディプス王』であっても。

今回は八作品を用意しました。題名を初めて聞いたという作品もあるでしょう。しかしいずれも二四〇〇余年という長い年月を潜り抜けて来たつわものばかりです。それぞれにチャームポイントを備えているはずです。それをどう読み取るか、二四〇〇余年後の現在でも確かと読み取れるか――われわれも試されているのです。

芝居が跳ねた後、帰路に立ち寄った居酒屋で仲間と口角泡を飛ばして渡り合えるだけの話のネタは得られたか、贔屓《ひいき》の役者の出来はどうだったか、しばらくは話に酔い酒に酔い、春宵一刻価千金となります。

読者である貴女貴君、お約束します、春の宵でなくても一壺の酒を友としてこの戯評をお読みいただければ、身も心もたちまちのうちに古のディオニュソス劇場へ飛び、馴染みの三階席に座を占めることになりましょう。とっくりとお楽しみください。ただ悪酔いだけはなさいませぬように。

目次

ギリシア悲劇の諸相

第1章　うちの子――アイスキュロス『ペルシア人』（前四七二年上演）

1　時代を描く

ギリシア悲劇は古来ギリシアに伝わる神話伝承を作品の素材にしています。しかし本篇は作者と同時代の、しかも作者が深くかかわった事件――ペルシア戦争――を作品の素材にしています。非常に珍しい例で、残存作品中他に類するものはありません。

前五世紀初頭、東の大国ペルシア（アケメネス朝ペルシア）が二度にわたってギリシア侵攻を企てました。前四九〇年と前四八〇年です。百万以上の陸上部隊がヘレスポントス海峡を渡ってギリシア本土に侵攻してきました。二度目の侵攻の時はクセルクセス王麾下《きか》総勢百七十万以上だったと言われています（ヘロドトス『歴史』第七巻、六〇節）。ギリシア国土は蹂躙されましたが、一度目はマラトンの戦い、二度目はサラミスの海戦で辛うじて勝ちを拾ったギリシアはペルシア軍を撤退に追い込みます。

ここに取り上げるのは二度目のペルシア軍侵攻とそれを迎え撃つギリシア方の苦闘を題材とした作品、アイスキュロスの『ペルシア人』（前四七二年上演）です。素材はたった八年前の大事件、作者はその時の戦闘にじっさいに参加したとされるアイスキュロス、とくれば、期待されるのはまずその描写の生新さ、その報告の正確さですが、それだけではなく貴重な体験と見聞を演劇という表現形式で世に問おうとした作者アイスキュロスの意図も解釈の対象となってきましょう。

ほぼ五〇年後、ヘロドトスはその著『歴史』で二度にわたる東方からの異民族の襲来とそれに蹂躙されたギリシア人の災厄とを、そこに住む人間ギリシア人の目で歴史的見地かつ地理的見地からの広範な視野で捉え、いわば百科全書的に描きました。しかし戦後いち早くこの大事件を報告したのは、このアイスキュロスの『ペルシア人』でした。この速報性は意味のあることです。

本篇は単なるルポルタージュ（観戦記録ないしは観戦報告）なのでしょうか、それともそれを越えたルポルタージュ（記録文学）と言えるものでしょうか？　まず劇の概略を見ておきます。

［劇の粗筋］

劇の場はペルシアの都スサの王宮前。留守居役の長老たち（合唱隊）が、ギリシア攻略へ進発したクセルクセス王麾下の軍勢の首尾を案じています。そこへ大王の母アトッサが登場し、昨夜の凶夢を語ります。前線から帰国した使者がペルシア軍の敗北を告げます。アトッサの願いを受けて合唱隊が冥界から呼び出した先王ダレイオスの亡霊は、敗因はクセルクセスの「ヒュブリス（驕慢）」――思い上がってヘレスポントスの海峡を越えてギリシアに攻め込んだこと――にあるといいます。劇の末尾、敗残の将クセルクセスが登場。残りしものはこれ一つと「空の箙《えびら》」を示しつつ、悔恨の言葉とともに王宮内へ消えていきます（一〇二〇行以下）。

2　アイスキュロスは証言者か

アイスキュロスは自分が八年前に体験したペルシア軍との攻防戦を題材にして一篇の劇を

書きました。しかしそれは見たままをリアルに描いた観戦記ではありません。そこに描かれているのは敵の地元、東都スサの様相です。登場する人物もギリシア人ではありません。すべてペルシア人です。侵攻を受けたギリシア人ではなく、侵攻してきたペルシア人、その王と母親、父親（亡霊）です。劇の題名からして『ペルシア人』です、『ペルシア戦争』ではありません。アイスキュロスはここで何を描こうとしたのでしょうか？

彼はペルシア戦争を描きながら、ペルシア戦争を描いていません。彼は戦争の記録者ではなく、証言者であろうとしたのです。証言者として戦争そのものではなく、戦争の本質を問おうとしたのです。そこには多大な災難を被ったギリシア人、ギリシア市民は登場しません。反戦に繋がる哀訴も告発もありません。あるのは大騒動を起こしながら蹉跌した側の悔恨に満ちた原因究明です。戦争とは何か、戦争はなぜ起きるか、です。

作者アイスキュロスは、自分たちに苦汁を飲ませたペルシア人に対して感情的に反発してもおかしくはありません。ギリシア人を登場させて哀訴、反発を描いてもよかったのです。しかしそれを排除しました。排除することによってペルシア戦争という事態に客観的に対処する視座を獲得しました。代わりに持ち出したのは両国の国制、社会体制の違いです。

アトッサ　〈……〉じつは美しく着飾った二人の女性が夢に現れたのです。／一人はペルシア風の着付け、いま一人はギリシア風と見えた。／その身の丈は今どきのふつうの女性よりはるかに大きく、／美しさときたら非のうちどころがない。／そして二人は、どうやら同じ氏《うじ》より出た姉妹のよう。／その住処も、くじ引きで一人はギリシアを祖国とし、／もう一人は蛮族の地を祖国としている。／さて、この二人の女性のあいだに何やら争い事が持ち上がった／――わたくしにはそう見えました。／と、息子がこれに気づいて取り押さえ、鎮めて、／二人を車駕《くるま》に繋ぎ、首に革紐を結わえつけた。／片方の女性はこの装いに得々として、／おとなしくその口を手綱にまかせたのに、／もう一人のほうは暴れて、車駕に付いている馬を繋ぐ装置を引きちぎり、／手綱を上へ向けて力まかせに捻じり上げ、／あげくに軛を真っ二つに折ってしまった。／それで息子は車駕から転げ落ち、／その傍らには、彼を憐れむかのごとく父王ダレイオスが立っていた。／クセルクセスはそれに気づくと、着ていた衣服を千々に引き裂いた／――これが昨夜の夢にわたくしが見たものです。（一八一～二〇〇――シナリオの行数。以下同じ）

これはギリシア、ペルシア両国の成り立ちと反目、そして現在に至る抗争をペルシア王妃アトッサの凶夢というかたちで表示したものですが、図らずもそれは劇の筋の展開と結末を示すものとなっています。さらにアトッサは両国の国家体制の違いを具体的に述べます。

そこで、今朝起きると〈……〉と、そのとき、一羽の鷲がアポロンの祭壇の方へ逃げて行く――／わたくし、恐怖のあまり声をのんで立ち尽くしました、ええ、／鷲のあとを鷹がすごい勢いで追いかけて行き、／相手の頭を爪で引き裂いたんです。／鷲はただもう怯えて、／身を丸めるばかり。／以上、わたくしがこの目に見、おまえたちが耳に聞いたこと、／これは恐ろしい徴《しるし》です。よろしいか、今度のことを首尾よくやり遂げれば、／息子は立派に男を上げるでしょう。でも失敗したら――／いえ、失敗したところで国に責任を負う必要はない。／生きてさえあれば、以前と同じようにこの国を治めるのです。

（二〇一～二一五）

アトッサ　彼らが得意とする武器は弓につがえる矢か？
合唱隊　いいえ、得意とするのは短い槍と盾の白兵戦。
アトッサ　彼らの主人は誰です、誰が軍勢を指揮しているのです？

合唱隊　彼らは誰の奴隷でもなく、家来でもない、とのことでございます。

（二三九〜二四二）

ギリシア方の対応は以下の通りです。アイスキュロスはサラミスの海戦でのギリシア軍に以下のような鬨の声——正確に言えば戦勝祈願の歌パイアン——を挙げさせています。

使者　〈……〉と、そのとき強く叫ぶ声がわれらの耳を打ちました、／「おお、ギリシアの子らよ、／いざ祖国に自由を、子や妻に自由を、／父祖伝来の神々の座す社、汝らが先祖の奥津城《おくつき》を護るのだ、／いまこそ戦うのだ、汝らのすべてをかけて」（四〇一〜四〇五）

ここでは「自由」が強調されています。ペルシアでは大王一人が自由ですが、ギリシアでは市民が皆自由なのです。ずっと後になってヘロドトスはその著作『歴史』でこの戦争を取り上げました。その中にペルシア王クセルクセスが出征前臣下のデマラトスにギリシアという国の国制、その他について下問するところがあります。デマラトスはギリシアという共同体およびギリシアの国民性を表徴するものとして、法ノモス、知ソピア、自由エレウテリア、徳・勇気アレテの四つの価値観を挙げています（ヘロドトス『歴史』第七巻、一〇二〜一〇四節）。じっさいこの四つの価値観は、戦後戦禍から復興し前五世紀いっぱい政治、社会、文化全般にわたってエーゲ海域に覇を唱えた都市国家アテナイの発展を支えるものとなりました。その一つ「自由」を、アイスキュロスはすでに早く専制ペルシアに対抗する政治的テーゼとして取り上げ、ここに、すなわち本篇において称揚しているのです。

3　勝敗のゆくえ

前線からの使者がサラミスの海戦の敗北を告げます。これを契機にペルシア軍は敗走に転じます。本国の都スサでは冥界からよみがえった先王ダレイオスが敗因を告げます。

ダレイオスの亡霊　〈……〉屍の山は三代のちの裔《すえ》にも／無言の警告として映るであろう、／人間は過度の望みを抱いてはならぬと。／なぜなら思い上がり《ヒュブリス》は、ひとたびそれが花を点けると禍の実を結び、／そしてその愁いに満ちた作物を涙ながらに刈り取ることにな

るからじゃ。（八一八〜八二二）

これ以前にも息子クセルクセスの長駆ギリシアへの遠征を「軽率な暴勇」と断じ、「若いうえに思慮が浅い」と苦言を呈しています。先代の業績に追いつこうとする二代目の焦慮ゆえの不始末と言えるかもしれません。大帝国の王室の世継ぎも、一般庶民の家の跡取りも、どうやら同じことのようです。

母親の気持ちも見ておきましょう。

アトッサ　それはみな悪い連中の口車に乗せられてのこと。気性の激しい子ですから。／世間の人は、あなたが槍の力で営々と莫大な富を築き上げたのに、／息子のほうは臆病者で戦いもしない、／父親譲りの財産を増やしもしない、というのです。／こんな心無い非難を周りからいやというほど聞かされて、／それであの子はギリシアへの遠征を決心したのです。（七五三〜七五八）

さらに彼女はこんなこともいっています、「いいえ、（この遠征事業に）失敗したところで国に責任を負う必要はない、／生きてさえあれば、以前と同じようにこの国を治めるのです」（二一三〜二一四）と。これはペルシアという国が王を中心とする専制体制の国であることをはしなくも表すセリフですが、一方またこれは可愛い息子に盲目的な愛情を注ぐ世の母親像の典型、その表示でもあります。この母親にこたえるかのように、劇の末尾、負けて帰ってきた息子は泣きながら母親が待つ王宮内へ消えていくのです。

厳しい父親、甘い母親、意地っ張りの息子――これはどこにでもある家族像ですよね。戦争という国家間の一大事を、その究極の原因を、作者アイスキュロスは一人の人間の心に宿った「増上慢《ヒュブリス》」に求めました。そしてその人間を愛情に満ちた一家族に限定して描いたのです。

反面彼は戦争という一つの現象を即物的に描くことを怠りました。事実をありのままに捉え客観的に報告する予定だったはずです。ややもすれば感情に走りがちな被害者ギリシアの人間を出さず、敵のペルシア方を描くことで客観的な視点を確保しようとしたはずです。しかし叶わなかったようです。そこにはペルシアという国の国体も、社会体制も、人民の姿も描かれておらず、東の大国の無機質の不気味な顔も感じ取ることができません。

ダレイオスの亡霊は息子クセルクセスの「若さと浅慮」を厳しく叱責しますが、自分たちの国体に疑義を差しはさむようなことはしませんし、敵国ギリシアの政体に注目することもありません。作者アイスキュロスがそうさせないのです。ペルシア戦争という事態を描くのに、ヒトを描かずにモノ、コトを描いて無機的な客観性を標榜したはずですが、逆にモノ、コトを描かずにヒトを描くことになったようです。つまりクセルクセスを借りて「人間」を描いたのです。そのことで単なる戦争譚を越えた人間物語が誕生しました。そして逆にギリシア方が歌う戦勝祈願の歌パイアンが、「自由」という抽象概念を表出するものとして、浮彫りされることになりました。

繰り返します。アイスキュロスはペルシア戦争を客観的に捉えようとして被害を受けたギリシア軍、またギリシア人を敢えて描かず、もっぱら相手方のペルシア人を描きました。その手段として両国の政体、国体の差異に勝敗の要因を見ようとしました。しかし描かれたのは独裁専制国家の国体の運用如何、その良し悪しを問う政治論、組織論ではなくて、運用を司る唯一の人間すなわち王クセルクセスの心的機能でした。一人の人間の心的機能に大国の盛衰がかかっている点に独裁専制国家のもつ危うさ脆《もろ》さがあること、クセルクセスの「増上慢《ヒュブリス》」にペルシア帝国の命運がかかっていたこと、を描くことで、作者はペルシアの国体の弱さ、脆さを指摘しようとしたのです。そしてそれは対照的にギリシアの国体、民主制を称揚することになるのです。

敗けて泣いて帰って来た息子を黙って迎え入れる母親――しっとりとした人情劇、いや人間劇です。おそらく作者はこれを半ば意図的に描きながら、しかしそれと同時にそこから汲み取れるギリシア方の自由の勝利とその自由を糧とした戦後の復興へわれわれの目を向けさせようとしたのです。

第2章 あとは白波——エウリピデス『タウロイ人の地のイピゲネイア』（年代不詳）

1 偶然

イピゲネイアの名を冠する作品を、わたしたちはもう一作知っています。同じエウリピデスの『アウリスのイピゲネイア』（前四〇五年上演）です。そこでは、イピゲネイアは実の父親であるトロイア攻めのギリシア軍総大将アガメムノンの手でアルテミス女神へ生贄にされます。アウリスからトロイアへギリシアの船団を送り出すためです。しかし死の直前、彼女はアルテミス女神の手で救われます。ただそのあと彼女はどうなったのか、それがわからないのです。「イピゲネイアは命を保ち、神々の間にとどまっているとのことです」（『アウリスのイピゲネイア』一六二四）という合唱隊の長の言葉があるだけです。

そのイピゲネイア、じつは黒海北岸の蛮族タウロイ人が住む港町にいた、そしてそこで弟のオレステスに出会う――本篇はそういう設定になっています。どうしてオレステスが？

オレステスの側の事情も見ておきましょう。

オレステスはアポロン神にそそのかされて父親アガメムノンの仇討をしたものの、それが母親殺しとあっては（母親が父親を殺したのでした）世評は芳しからず、逆に母殺しの罪を糾弾されます。裁判を受けて法的には無罪放免となったのちも、復讐神に追いまくられて遠くタウロイ人の地まで流れて来ます。そこのアルテミスの社から神像を奪取すれば罪は消えるとのアポロン神の言葉に従ってのことです。そしてこの北方の地で姉のイピゲネイアと遭遇するのです。

ここから物語が始まり、展開していきます。その様子を見ておきましょう。

［劇の粗筋］

黒海北岸のクリミア半島近くと思しきところ、蛮族タウロイ人が住む地の港町にアルテミス女神の社があります。そこで女祭司を務めているのが、かつてアウリスで生贄にされながら辛くも命長らえたあのイピゲネイアです。彼女は一夜郷里の弟オレステスが死んだ夢を見ます。そのオレステスが友人ピュラデスとはるばるこの蛮地までやってきます。この地の社に祀られているアルテミス像を奪取せよとのアポロンの命令を果たすためです。

女祭司イピゲネイアにはこの地に流れ着いたギリシア人を生贄にする仕事が課せられています。オレステスは生贄としてイピゲネイアの前に引き出されます。そのとき、それまでは全く面識のなかった姉弟二人ですが、コミカルな趣向が凝らされて二人は互いの身の上を認知し合います。オレステスは姉イピゲネイアと友人ピュラデスの協力を得て神像を奪い、三人とも船で危地脱出を図り、成功します。

2　人物瞥見——イピゲネイア

あのあとイピゲネイアはどうしていたのでしょうか？　生贄のあとのことですよ。アウリスでの生贄のあと一〇年でトロイア戦争は終結。アガメムノンの死、クリュタイメストラの死もはるか過去のこととなりました。イピゲネイアはいま蛮地でアルテミス神社の祭司をしていますが、これまでの長い時間を彼女はどこでどう過ごしていたのでしょうか？

巷ではいろんな話が飛び交います。わずか十五の歳に国を挙げての戦争に身を捧げ、幸いにして命はとりとめたものの、以後国を捨てて流れ歩いた町は数知れず、たどり着いたのは遠い北国のさびれた港町、その場末の酒場で海の荒くれ男を相手に酒を汲む女給商売。若いのが一人店に来ます。店主の婆が言います、まあかいらしいボンやこと、産毛が抜けたばっかりって顔してるわ。けど、おまはん、ゆうときまっせ、あんなのに手ェ出したりしなはんなや、また泣くことになるで、と——こんな感じで始まるのが当世の大衆娯楽篇。流転乙女の成れの果て、中年の酒場女、それに絡む名家出身ながら凶状持ちの白皙の美青年。

しかし遥か昔の古典古代の悲劇作品中の中年女性は歳をとりません、十五歳のままの清浄無垢。イピゲネイアに流転生活を想定し、そこに中年女性の生活臭を嗅ぎ取ろうとするのは三階席にうずくまる五十男くらいなものです。イピゲネイアにとって長い異郷での生活はさぞ辛く苦しいものであったはずですが、言葉にも振る舞いにもそれをうかがわせるものは少しもありません。生贄になる身を神に救われた彼女は、以来ずっと神の懐に住まいして人の世の巷で生活することはなかったのです。いまなお清らかな乙女のままなのです。作者は長い時間の経過を、彼女には適用しなかったのです。

姉弟再認ののち、話が生贄に及んだ時、イピゲネイアは「哀れなわたしはあのときのことを覚えています。この喉に、／可哀そうにお父さまが刃をお当てになったあのときのことを」（八五二〜八五三）といい、また「わたしを殺そうとしたお父さまのことは恨まず／代々続いたわが家を再建したいとねがっているのです」（九九二〜九九三）と健気に言って、その心中に蟠《わだかま》っているはずの本音、さらにその後に生まれたはずの苦しみ悲しみ——それこそオレステスが、いやわれわれ観衆が聞きたいものであるのですが——は、一切披瀝されません。

3　人物瞥見——オレステス

一方のオレステスもけっして「かいらしいボン」ではありません。ほんとうなら薄暗いカウンターの隅に坐り安ワインをすすり込んでいる流れ者、母殺しの罪に穢れた凶状持ちといった風情のはずです。しかし本篇で、タウロイ人に捕まってイピゲネイアの前に引き出されてきた姿を見ますと、とてもそんな風には見えません。「もし女神像を手に入れられたら、／僕の気狂い《マニア》（madness）も止み……」（九八〇〜九八一）とは言いますが、しかし作者にはその気狂い、つまり犯した罪の意識にさいなまれる姿を描く意図はないようです。彼は悲劇的人物を演じません。いや、演じられないのです。ただ「悲劇的人物」の顔をしていればよいのです。

彼は、アテナイでの法廷における裁判長アテナ女神の裁定（無罪放免）に納得しない一部の復讐神エリニュスたちになおも苛まれています。そのために最果ての蛮地までアルテミス神像を求めて来たのですが、自分の罪の意識「気狂い」（九八一）を具体的に明らかにすることはありません。不思議なことですが、イピゲネイアもオレステスの心中を問い質すことをしません。いえ、問うことは問います、「ところで、おまえ、お母さまにあんな恐ろしいことを、よくも思い切って――どうしたわけなの？」（九二四）と。オレステスは「その話はやめましょう。父上の仇を討ったということです」（九二五）といなして、自分の苦痛、罪の意識を披瀝することはしません。イピゲネイアもこれ以上切り込むことはしません。オレステスは、罪の意識は女神像を持ちかえれば解消するものと思い込んでいます。罪の意識とその解消は、じつはアポロン神の手に合うものではありません。それは自分自身が生み出した自分自身の悩みであり苦しみであるはずなのですが、彼はそうとは思っていないようです。ですから「悩むオレステス」は描かれません。描きようがないのです。

イピゲネイアも同じです。長い異郷での生活はさぞかし辛く苦しいものであったはずながら、彼女の言葉にも振る舞いにもそれを窺わせるものはありません。生贄になる身を神に救われた彼女は、以来ずっと神の懐に住まいしていて娑婆に出て生活することはなかったのです。今なお清らかな十五歳のままなのです。作者は彼女に生活させません。彼女にこれまで経験したはずの人生の悩みを披瀝させるつもりはありません。「遠い異国で望郷の思いに暮れている一族の女」であるだけでよいのです。それ以上の資格も肩書も要らないのです。

彼も彼女も人の世の悲劇を演じることはありません。作者がそれを禁じているのです。作者は彼らに生活させなかったのです。

となると――さて、本篇の見どころは何でしょうか?

二点あります。①姉弟再認の方法（再認方法）②機械仕掛けの神（脱出方法）

その前触れが劇冒頭（四二行以下）の「イピゲネイアの夢」です。夢は故郷の弟オレステスの死を告げるものと読み取った彼女は、以後現実《うつつ》の世界で動き出します。そして劇は「再認」と「脱出」へ向けて動き出すのです。

4　姉弟再認

アポロン神に使嗾《しそう》されてアルテミス神像を奪い取りにピュラデス（亡命時代以来の親友）とともにタウロイ人の地までやって来たオレステスは、海浜で地元の牛飼いたちに捕まり、アルテミス社の生贄にされかかります。そこで社の女祭司イピゲネイアと出会い、訊かれるままに故国アルゴスの様子を話すうちに双方の身の上が明らかになってきます。

その前にまず「イピゲネイアの夢」が徒夢《あだゆめ》であったことがわかります。オレステスは死んではいなかったのです。「イピゲネイアの夢」は、遠い昔に別れた赤の他人同様の姉弟を引き合わせて再認させるために必要な取っ掛かりとして作用するようにと、作者が設定した一手法です。胸中の不安から解放されたイピゲネイアは安心して故郷アルゴスの様子――トロイア戦争前後の家族や知人の消息――を問い質します。相手のオレステスがアルゴス出身だとわかったからです。

再認には「手紙」が重要な役割を果たします。イピゲネイアは「ここに囚われていたある人がわたしを哀れに思って書いてくれた」（五八五）手紙を、生贄を免れてギリシアへ帰ることになったピュラデスに託し、紛失した場合にも念が届くように内容を音読して聞かせます。これは観客に劇への直接的参加を促す措置と考えられます。われわれも聞いてみましょう。

イピゲネイア　アガメムノンの息子オレステスに伝えてください、／「アウリスで生贄にされたイピゲネイア――あちらではもう死んだことになっていましょうが、／それが実は生きていて、この手紙を書き送ります」と。

〈……〉

「弟よ、わたしをアルゴスへ連れ戻してください、死ぬまえに、／この蛮族の地から。そして女神への生贄の仕事から／解放してください、異国の者らを生贄に捧げるこの仕事から」（七六九～七七六）

手紙は驚きと喜びをもって、ピュラデスからその横に立つオレステスに手渡されます。

ピュラデス　〈……〉ほら、いいかい、君に手紙を渡すぞ、／オレステス、ここにいる君の姉さんからだ。

オレステス　うん、受け取った。でも、こんなものより――いや、この喜び、姉さん、ほんと、びっくりですよ。（オレステス、イピゲネイアに抱きつく）信じられん、いや、いや、思いもよらなんだ、嬉しいなあ。

（七九一〜七九七）

この姉弟には「互いが姉弟である」という記憶も裏付けとなる証拠品もありません。しかし第三者の手になる「手紙」は官製の身分証明書のごときものです。なまなかの証拠品よりも信頼性があります。同時に距離と時間を必要とする伝達手段である「手紙」が瞬時に相手に渡る驚きと意外性が笑いを生み出します。劇場は和やかな笑いに包まれることでしょう。

イピゲネイアは悩みません。オレステスは苦悩を忘れています。姉弟とはいえオレステスが乳飲み子のときにお互い別れたのですから、赤の他人とかわらない二人です。長い時間互いに別々の時間と場所を生きてきた二人がいまさら懐旧の気持ちを表明し合っても、それを見せられるわたしたちはただ苦笑するほかありません。無理やりに仕立てられた拍手喝采に鼻白む人もいたのではないでしょうか。しかし客席の九割が喜んで拍手すれば興行は成功です。大衆性満開と言ってよいでしょう。いずれにせよ「手紙」による再認は「うまい！」と観客を感心させ、かつ笑わせます。

5　機械仕掛けの神（デウス・エクス・マキナ）

互いの再認を終えた姉弟二人は、次にこの北辺の地からの脱出を図ります。イピゲネイアは長年の望郷の思いを遂げるためです。オレステスも早く帰りたい、帰って復讐神エリニュスたちの追及から逃れたい、そのための条件となるアルテミス女神像は確保してある、あとは脱出だ、という思いです。ただオレステスはこの期に及んでもアポロン神の指令通りアルテミス女神像を持ち帰れば母殺しの罪から解放されると思い込んでいます。母殺しの罪の意識とそれからの解放は自分自身の問題であるとは、彼は思っていません。作者がそう思わせていません。作者は、少なくとも本篇では、「悩み苦しむオレステス」を書こうとはしていないのです。姉弟、それにピュラデスの三人がいかにして脱出のために策を弄し成功するか、書かれているのはもっぱらその顚末です。これは単純化された活劇である、と言ってよろしいでしょう。

さあ始まります。

使者　〈……〉イピゲネイアが、あのよそ者どもと一緒に／国外へ逃げました。女神の神聖な御像も一緒です。／浄めの儀式というのは、あれは策略だったのです。

（一三二四～一三二六）

脱出に必要な船も乗組員も、いつの間にかすっかり用意されています。好都合ですねぇ。

使者　〈……〉ところがそこでわたしどもが見たものは、ギリシアの船が／翼を広げたようにきちんと櫂を取りそろえた姿。／五〇人の水夫らは櫓臍《ろべそ》に取り付けられた櫂を手にし、／あの二人の若者はいまや縛めを解かれて／艫《とも》のところに立っているというありさま。

（一三四五～一三四九）

あとは屈強な水夫らが力任せに漕ぐだけです。脱出できる――はずですが、ここで思いもよらぬ事態が生じます。何でしょうか？　聞きましょう。

（船は）出口へ向けて進んで行きましたが、出口を抜けようとしたとたん、／激しい波にまともにぶつかって押し戻されました。／とつぜん強風が吹きつけて来て、／帆を逆に孕ませたんです。

（一三九二～一三九五）

報告を受けた王トアスはすぐさま配下の者に下知します。

この蛮族の地の国人《くにびと》すべての者らよ、／さあ、若駒に手綱をつけて／海辺へ急ぎ行け。ギリシアの船が難破して乗り上げるのを／待ち受けるのだ。そして女神のお助けを得て／あの神をなみする男どもを急ぎ捕らえよ。／またおまえたちは脚の速い船を漕ぎだすのだ。／海からも追跡し、陸からもまた馬で追って行って／奴らを捕まえるのだ。

（一四二二～一四二九）

万事休す。脱出寸前に危機が迫ります。観客席の各所から悲鳴が上がります。困ったときの神頼み――この作者の作品で「デウス・エクス・マキナ（機械仕掛けの神）」という手法を経験済みの客が（たとえばすでに『ヒッポリュトス』（前四二八年上演）で使われています）あちこちで声を上げます、「神さまを出せ！」と。これまた観客に劇への参加を促すにくい仕掛けです、シナリオも演出も。劇場騒然。声に応えて舞台上方に女神が登場します。アテナ女神です。歓声はひとしきりやみません。

悠然と登場した女神は、トアスに向かっては「追跡はよしなさい。軍勢を繰り出すのをやめるのです」（一四三七）といい、オレステスに向かっては「神像とおまえの姉とを連れ帰るがよい」（一四四八）といいます。女神は当面の問題を手際よく解決し、コトを丸く治めます。大団円です。拍手喝采。観衆は満足し、劇場は喜びに包まれます。

これで終わればよいのですが、女神はちょっと余計なことを言います。オレステスがこの地へ来た理由もしくは目的です。

その目的は、／復讐女神（エリニュス）の怒りを逃れ、姉をアルゴスへ送り返し、／また神聖な御像をわが故郷へ持ち帰り、それでもって／いま蒙っている苦悩《ペーマ》から救出されようと願ってのことなのです。

（一四三九〜一四四一b）

「いま蒙っている苦悩」とは母親殺しから生まれた罪の意識です。しかしこれはアポロン神、またそれ以外のどの神によっても救出されるものではありません。オレステスという人間個人の心に巣くうものだからです。そこには神は容喙《ようかい》できませんし、また信仰心によって解消される類のものでもありません。オレステス自身が悩み苦しみつつ、己の力で平静の境地に達する以外にないのです。歓声を上げる観客はこのことを知っての上で、いや、ひょっとすると知らないままに女神の託宣を全的に受け入れ、「このときばかりは」とただ喜び楽しもうとするのです、作者に誘導されるままに。

オレステスは、イピゲネイアも、悩むべき人であったはずですが、そして作者はそれを知っていたはずですが、作者は二人のいずれにも「悩む場」を与えませんでした。与えられたのは些《いささ》かくたびれた活劇スターの役でした。つまり作者はイピゲネイアとオレステスの悩みは取り上げず、その代わりに二人を客席を沸かすための活劇に起用し、観客サービスに徹した――いってみれば小粋な商魂、商才を披瀝して見せたのです。

ちょっと脱線します。

イピゲネイアとオレステスは北辺の地で偶然に出会います。アルテミス女神はイピゲネイアを生贄から救い出した後、黒海北岸のタウロイ人の住む地へ運び、己の社の祭司とします。アポロン神は、母親殺しの罪に苦しむオレステスをタウロイ人の地へ、そこのアルテミスの社の神像を奪取すべく、送り込みます。二人は北辺の地で偶然に出会います。こんな好都合なことは神話伝承にはよくある話で、われわれはこれを「偶然」と呼びますが、作者エウリピデスもこの二人の出会いを偶然めかして使ったのです。バルザックがパリの街区を使って人物たちの間に偶然の出会いを作り出して必然としたように、エウリピデスは神々（神話世界）を使って人物たちの間に偶然を配したのです。作者は神々を使って偶然を作り出し、観客も読者も誰もが楽しめる通俗娯楽譚を捻出したのです。なんといっても「偶然」は大衆娯楽譚には必須の小道具、喝采の妙薬ですから。

妄想は暴走します。

黒海を南へ走る船の上。いわくありげな一組の男女が話し込んでいます。

「ほら、昔話にあるだろ、姉と弟が北の国から命からがら逃げ帰る話、あれよ。わたしがイピゲネイア、あんたはオレステス」

「え？　酒場女給の姐《あね》さんがイピゲネイアで、おれがオレステス？　マジっすか、前科持ちのお尋ね者ってとこだけは、ま、似てますがね」

アテナイの場末に転がっている戯ればなし。それをエウリピデスは神話の中へ放り込んだ、そう思っていただければよろしいかと――

第3章　遠眼鏡――エウリピデス『キュクロプス』（上演年代不詳）

悲劇競演会では最終選抜された三人の作者が各自悲劇三篇サテュロス劇一篇計四篇の作品上演によってその年の優勝を競いました。ここに取り上げるエウリピデスの『キュクロプス』は、その最後の四番目に上演されたサテュロス劇です。同時上演された他の悲劇三篇が何であったかは不明です。ところで耳慣れないこのサテュロス劇とはいったい何でしょうか？

簡単に言えばサテュロスが合唱隊を務める短い笑劇です。劇中でサテュロスたちは卑猥な——下ネタ的な言動をして笑いを提供します。悲劇は親殺し、子殺し、不倫の恋など、辛気臭い題材のものが多く、それを朝から三作も見せられますといい加減疲れてきます。最後に多少品が悪いとはいえ笑劇を置いたのは、そうした疲れを和らげる意味があったのではないかと考えられます。現存するのはここに取り上げる『キュクロプス』（上演年代不詳、全七〇九行）一作だけです。他に通読可能な大断片、ソポクレス作『追跡者《イクネウタイ》』（上演年代不詳、全四〇四行）があります。

ところでサテュロスとは何でしょうか？　サテュロスとはギリシア神話に登場する想像上の生きもので、半人半獣の山野の精。耳、脚、蹄、尾に山羊的な特徴を持つ若者として表示されます。同様に馬的な特徴を有する壮年はシレノスと称されます。しかし両者は元来同一の存在で、名称が違うのは地方による呼び分けではないかと考えられています。本篇ではシレノスはサテュロスたちの父親役を演じています。

ではこのサテュロスたちを合唱隊にもつ短い笑劇『キュクロプス』はいったいいかなる劇

でしょうか？　まずその粗筋を辿ってみましょう。

［劇の粗筋］

トロイア戦争に勝利したギリシア軍は各自船で帰国の途に就きます。オデュッセウスも仲間とともに船出しますが、途中嵐に見舞われて地中海上をさまよい、ついにはシケリア島に辿り着きます。そこは一つ目の怪物キュクロプス族が棲むところで、オデュッセウスはそのうちの一人ポリュペモスに援助を求めますが、冷たく拒否されます。一行は洞窟内に閉じ込められた上に、仲間を四人食われてしまいます。この危機的状況から、オデュッセウスらは果たしてうまく脱出できるか否か、観劇の興味はその一点にあります。

加えてオデュッセウスとポリュペモスとの間で交わされる社会認識、時代認識の異同も興味深い見どころとなっています。本篇は、どうやら単なる笑劇ではないようです。

2　劇の素材

トロイアから帰国の途に就いたオデュッセウス一行はシケリア島に辿り着き、そこの住人キュクロプス族のひとりポリュペモスに援助を求めますが拒否され、逆に捕らえられて仲間を食われるという蛮行を受けます。オデュッセウスは知略をもってこれと対峙し、ポリュペモスの目を潰して逃げおおせる――こりゃどこかで聞いた話ではありませんか。そのとおり、叙事詩『オデユッセイア』第九歌がそれです。サテュロス劇『キュクロプス』はホメロスの叙事詩の一部を素材としている、と言えそうです。加えてギリシアの民話・口承文芸を本篇の素材と考える立場（中務哲郎説）もあることも付け加えておきましょう。

3　比較

素材と考えられるもの（ホメロス『オデユッセイア』第九歌）と本篇（エウリピデス『キュクロプス』）とを比較してみましょう。

①両作品の類似点

1　オデュッセウス、トロイアでの戦功の自慢。

2　オデュッセウス、嘆願者としての権利要求。

3　キュクロプスの拒否と嘲笑。

4　キュクロプスの人肉食らい。

5　キュクロプス退治法（目つぶし）。

6　策略――「誰も無し（ウーティス）」。

7　結末――無事脱出。

②相違点

1　キュクロプス像

ホメロス――一つ目の巨大な怪物（大石を操作して洞窟入口をふさぐ）。

エウリピデス――一つ目ながら通常の体躯。人間化、文明化した存在。

2　「法《ノモス》」概念の有無

「海で難破した者の要求を／聞き入れるのは、こりゃ人間界共通の掟《ノモス》だぞ」（二九九～三〇〇）と法の適用を求めるオデュッセウスに対してキュクロプスは「法律《ノモス》なんぞを拵《こしら》えて／人間の生活をややこしくした連中には／泣きをみせてやる」（三三八〜三四〇）と言います。このキュクロプスはもう単なる怪物ではありません。彼は自らを人間の同類と規定したうえで、その自覚に基づいてギリシアという共同体ないしはその共同体を存立せしめている法《ノモス》に対して、ギリシア辺境の地からの反感と拒否の態度を示します。ホメロスには見られない「人間《アントローポス》」、「ギリシア《ヘラス》」、「法《ノモス》」といった用語がその事態を端的に示します。

3　トロイア戦争批判

キュクロプス　格好の悪い出兵だったな。たった一人の女子《おなご》のために／プリュギア（＝トロイア）くんだりまで船を出すとはな。

オデュッセウス　神のなされたことだ。人間を責めても始まるまい。　（二八三〜二八五）

聖戦とされる国家的大事業を、ずっと離れたところからキュクロプスはじっと見ていたのです。その大戦争を終えたばかりの復員兵オデュッセウスにとっては、なんとも冷ややかで皮肉たっぷりな言葉です。この冷静な指摘はキュクロプスをして未開の怪物ではなく、一個の理性的な存在ならしめています。問題はこの大事件を終始神の手に委ねて、自らは人間として自主的にかかわろうとしないオデュッセウスの態度です。善悪の判断を中止していることです。

4　無用の法

オデュッセウスはポリュペモスに「海で難破した者の要求を／聞き入れるのは、こりゃ人間界共通の掟《ノモス》だぞ」（二九九～三〇〇）と法の適用を求めますが、拒否されます。シケリア島は辺境であるとはいえギリシアの一部であるのに、法の適用は認められません。ポリュペモスは法の存在を認識していますが、自分が住む場でそれが使用されることは許しません。強力な生命力を有する彼は、法による保護を必要とせず、その恩恵を受けることもありません。むしろ法は不必要なものなのです。したがってオデュッセウスはシケリア島では法の保護を受けられません。法はつねに万能ではないのです。無用である場合もあるのです。

前五世紀半ばのアテナイでは、法は社会正義を体現するものと見なされていました（共同体を理性的に運用するための方策として力の正義に代わる法の正義の成立を描いたアイスキュロス『オレステイア』三部作を参照されたし）。その法が、前五世紀末のアテナイでは、必ずしも社会正義を体現するものとはなっていないのです。存在はするものの、社会のあらゆる事象に対応しえなくなっているのです。状況によっては力の正義の適用を必要とする場合もあります。ポリュペモスに仲間四人を食われた――法を越えた暴力沙汰を受けたオデュッセウスは、その対応に法ではなく力を用いてポリュペモスの目を潰します。提起された法の概念は提起だけに終わるのです。ここに見えてくるのは法の限界、そして強者の論理です。ポリュペモスすなわちキュクロプスもオデュッセウスも法なるものの存在は知りながらも、最終的には互いに力（物理的な暴力）を行使して対決するのです。

じつは前五世紀末の社会風潮のひとつに力の正義信奉があります。プラトンが描くカリクレスの正義論がそれです（プラトン『ゴルギアス』四八三b、d）。この対話篇の執筆年代は前三九〇年頃、対話設定年代は前四一九～四〇五年頃とされています。

ぼく（カリクレス）の思うに、法律《ノモス》の制定者というのは、そういう力の弱い者たち、すなわち、世の大多数を占める人間どもなのである。

（プラトン『ゴルギアス』４８３b、加来彰俊訳）

しかし、ぼくの思うに、自然そのものが直接に明らかにしているのは、優秀な者は劣悪な者よりも、また有能な者は無能な者よりも、多く持つのが正しいということである。

（同四八三d）

このカリクレスの正義論は、プラトンが賛同するものではないことはもちろんですが、しかしなかなか魅力的な論であることは確かです。作品に戻って見てみましょう。キュクロプスはカリクレス的であると言えるのではないでしょうか。いや、オデュッセウスもそうだと言えます。両者とも法の概念を、法なるものが存在していることを、認めながら、それの保護下に入ることを必要と思わなかった（キュクロプス）、法の適用を望みながらも叶わなかった（オデュッセウス）からです。

二人の対決は引き分けに終わります。キュクロプスはオデュッセウスを力で完全に制圧できませんでしたし、オデュッセウスはキュクロプスを法の正義の下に組み敷くことはできませんでした。法という概念は存在します。しかしその適用はつねに可能であるわけではないのです。

5　無用の知

ホメロスでは、オデュッセウスは「自分はウーティス（誰も無しnobody）という者だ」と名乗り、自分の存在を消して、救援に駆けつけた仲間のキュクロプスたちを見事に撃退しますが、エウリピデスでは仲間のキュクロプスたちは登場しませんからせっかくの頓智も使いどころがありません。いや、あることはあるのです。

エウリピデスの場合は、ウーティスを名乗るこの策略は嘲笑の道具に使用されています。目を潰されたキュクロプスを合唱隊の長（サテュロス）が揶揄するところです。

合唱隊の長　キュクロプスさまよ、何を喚《わめ》いておられます？

キュクロプス　　　　　　　　　　　　　　　やられた。

合唱隊の長　ぶざまな格好ですなあ。

キュクロプス　　　　　　　おまけに惨めだ。
合唱隊の長　酔っぱらって炭火の中へ落ちたってわけですか？
キュクロプス　やった者は「誰もなし」。
合唱隊の長　　　　　　とは、害を加えた者は誰もいないってことで。
キュクロプス　目をつぶしたのは「誰もなし」。
合唱隊の長　　　　　　　　じゃあんたの目は潰れてない。
キュクロプス　こいつめ。
合唱隊の長　　　だって誰でもない者がどうやってあんたの目を潰せるんです？
キュクロプス　おれを虚仮《こけ》にしおって。「誰もなし」はどこだ？（六六九〜六七五）

無様な状態に陥った強者を迫害された弱者が笑う、そこに笑いが誕生しますが、しかしその笑いは残酷です。残酷で滑稽な情景が展開しています。

ホメロスでは命の危険を回避する知、いわば実用的な知であったのが、エウリピデスでは笑いを喚起するための知、遊びのための知へと変わっています。

6　目を潰す

キュクロプスの目を潰すのは仲間を食われたことへの復讐でした。と同時に目を潰すことにはもう一つ意味があります。キュクロプスのトロイア戦争批判と関連することです。

キュクロプスは「格好の悪い出兵だったな。たった一人の女子のために／プリュギアの地まで船を出すとはな」(二八三〜二八四)と言ったのでした。トロイア戦争に知将として参加したオデュッセウスはこれに対応しなければなりませんが、「神のなされたことだ。／人間を責めても始まるまい」(二八五)としか応えられません。大事件に直接関わった人間がそれを自分の問題として考えることをしません。人間の責任を問うことなく、神に丸投げして逃げています。

トロイア戦争批判はひとつの意見です。ひとつの知性の表明です。オデュッセウスは逃げずに反論してしかるべきです、自分がかかわった大事件なのですから。「とてつもない苦労を嘗めさせられた」(二八二)とは言うものの、参加したことの意義とか価値を述べることはしません。彼がしたことは相手の目を潰すことでした。反論する代わりに暴力的反撃を試み、相手の目を潰しました。

一つ目のキュクロプスは双眼のオデュッセウスとは違うところを見ています。オデュッセウスが見ていないものを見ています。盲目の予言者テイレシアス（ソポクレスの『オイディプス王』に出てきます）が晴眼《せいがん》のオイディプスに「あなたは見えているのに見ていない、わたしは見えていないが見ている」と言ったのと同じです。ギリシア世界で双眼の者の誰もが見ず、気付かず、口に出さなかったことを、単眼のキュクロプスのみが見、気付き、口に出したのです（いや、もう一人います、エウリピデスの『オレステス』五二一～五二二でスパルタ王テュンダレオスがトロイア帰りのメネラオスに同じような嫌味を浴びせています）。

キュクロプスの目潰しは仲間を食われたことへの復讐だけにとどまるものではないのです。それは手痛い批判をぶつけてくる物見の者を「見るな、言うな」と言わんばかりに仮借なく始末しようとする、復讐に名を借りた姑息な異端者抹殺です。エトナ山という物見の塔から単眼の遠眼鏡で眼下にうごめく人間どもの生業を眺めていたキュクロプスは、聖戦とされるトロイア戦争をその目でみごと彼流に裁断したのです。そしてその目をオデュッセウスは黙って潰しました。

復讐を遂げ――「虎の尾を踏み毒蛇の口を遁れたる心地して」シケリアの晴朗な海へ乗り

出したオデュッセウスは、果たして思ったかどうか、キュクロプスの目に真っ赤に焼けたオリーブの枝を突き刺した時、ひょっとしてあのとき、いまおれは一つの意見を――その是非はともかく――封殺しようとしているというはっきりとした意識があったかどうか――きっとあったはずです。

第4章 仕掛ける――エウリピデス『アンドロメダ（断片）』（前四一二年上演）

1　再演

本篇の初演は前四一二年です。それからほぼ一〇〇年ほど経って再演されました。ギリシア悲劇の作品は、その最盛期の前五世紀にはどの作品も再演は許されませんでした。しかし最盛期を支えた三大作家が皆物故した前四世紀に入ると、再演が許されるようになりました。三大作家亡き後の演劇界が火が消えたように寂しくなったせいでしょうか。芝居の見巧者だった喜劇作家アリストパネスは、演劇界の再興を願って三大作家の誰か一人をあの世から連れ帰らせようと演劇の神ディオニュソスをして冥界へ降下させるという、奇想天外な作品

（『蛙』前四〇五年）を自ら書いているほどです。

それはさておき、本篇もおそらく何度か再演されたのちに、上に述べたように初演後ほぼ一〇〇年経ったころ、エーゲ海北辺のトラキア地方のアブデラ市で再演されました。これは確かです。記録が残っています。

もともとこの近辺一帯はアレクサンドロス大王の本拠地です。大王はギリシア統一後、小アジア、北アフリカから遥かインドまでの大帝国を築き上げますが、前三二三年三十三歳の若さで死去し、帝国は四分五裂、幕僚たちの手で各地に王朝が乱立します。トラキアはリュシマコスの支配地となります。前三〇〇年前後の頃です。そのころの夏、酷暑の一日、アブデラ市で『アンドロメダ』が上演されて、大成功、興奮した市民で町じゅうに大騒動が起きた――これも確かです。記録が残っています。

その記録を紹介します。大騒動から四〇〇年以上のちに書かれたものです。書き手はルキアノス（後一二〇～一八〇年頃）という文人です。


親愛なるピロン君、むかしリュシマコスの治世にアブデラ市民のあいだにある疫病が発生したという話があるんだがね。で、その症状というのが、まず市中の人間全員に熱が出る。それも最初から激しく、またしつこい。七日目くらいになると、人によって大量に鼻血を出す者もいれば、また大量に汗をかく者もいる。が、それで熱が下がる。ところがそのあと彼らの心的状態がおかしなことになってしまった。全員が悲劇狂いになってしまい、イアンボス調（短長格）で歌い、大声で叫ぶという始末になったのだ。とくに皆が歌ったのはエウリピデスの『アンドロメダ』の独唱歌で、ペルセウスのせりふが節つきで歌われた。市中はこの七日仕立ての顔色の悪い、青白く、痩せっぽちの悲劇屋で一杯になった。彼らは、「おお、あなた、神々と人間の王、エロスよ」およびそれに続く箇所を大声でおらびあげ、それが連日のように続いたが、ついに冬になって寒さが厳しくなった時点でやっとこの馬鹿騒ぎは終わった。わたしの見るところ、この騒ぎの原因は俳優アルケラオスにあるように思われる。当時有名俳優だった彼は炎熱の真夏にこの『アンドロメダ』をアブデラ市民の前で演じたのだが、それで市民らの多くは熱病に罹って劇場から家に帰って来、やっと床上げが済んだとなったら、あとはもう悲劇漬けの毎日となったのだ。すなわちあのアンドロメダの記憶が彼らに付きまとって離れず、メドゥサの首を持つペルセウスが一人ひとりの意識の周りを飛び歩くという事態が長期にわたって続いたのだ。

（ルキアノス『歴史はいかに記述すべきか』一・一）

アブデラでの大騒動はなぜ起きたのでしょうか？　ルキアノスが言うように、俳優アルケラオスの熱演の故か？　いや、シナリオがよかったためでしょうか？　調べてみる必要があります。いまわれわれが持っているシナリオは断片であるために不十分かもしれませんが、まずはシナリオそのものに当たってみなければなりません。

2　南国の花嫁

『アンドロメダ』は断片（全二一七行）ですが、全体の内容を窺うことは可能です。ヒュポテシス（古伝梗概＝古代の学者研究者がつけた作品の内容紹介）はありません。

［劇の粗筋］

エティオピア王ケペウスの妻カッシオペイアは、わが美貌は海のニンフのネレウスの娘らのそれにも優ると自慢します。娘らはくやしい胸の内を海神ポセイドンに訴えます。ポセイドンは海の怪物ケトス（鯨）を送ってエティオピアの国土を荒らします。そこでケペウスはアンモン神のお告げに従って、娘のアンドロメダをケトスの餌食にすべく海岸の岩に縛り付けます。偶然通りかかったギリシアの青年ペルセウスがこれを見てアンドロメダに惚れ込み、救出すれば嫁にするとの約束でこれを救います。救われたアンドロメダは、ペルセウスとともにギリシアの地アルゴスへと赴きます。

［登場人物］

アンドロメダ（エティオピアの王女）、ケペウス（その父）、カッシオペイア（その母）、ペルセウス（ギリシアの青年）、ピネウス（アンドロメダの婚約者）、アテナもしくはアプロディテ（機械仕掛けの神）

さて本篇はどんな作品でしょうか？　作品の様態、その魅力を探ってみましょう。

ある男が危機的状況にある女性とたまたま出会い、これを救出して一緒に逃亡を図るという趣向は晩年のエウリピデスの一時期の作品にみられる作劇術です。

1『タウロイ人の地のイピゲネイア』（前四一四年、四一三年？）イピゲネイアとオレステスの姉弟再認と蛮地脱出。

2『ヘレネ』（前四一二年）メネラオス、ヘレネの夫婦再認と蛮地エジプト脱出。

3『アンドロメダ（断片）』（前四一二年）若い男女ペルセウスとアンドロメダの出会いと恋。蛮地エティオピア脱出。

いずれも男女の出会いの話です。場所は遠い国外です。男女は姉弟、夫婦、恋人同士と別れます。互いに知り合って身の上が判明し、以後相協力して危地脱出を図り成功するという展開は三作品に共通しています。時はペロポネソス戦争というギリシア内戦の渦中です。愛と冒険を主調とするいわゆる浪漫主義的な劇展開は、この時代背景の故にこそ生まれ出たものかもしれません。

『アンドロメダ』は若い男女の恋の物語です。上記三作品の中でも一番ロマンティックで、一番観衆の興味を引く作品と言ってよいでしょう。だからこそアブデラでのあの大騒ぎが起きたと言ってもよいのです。ルキアノスは俳優アルケラオスの熱演に騒動の原因を求めていますが、実は初演の時（前四一二年）からこの劇にはある種の魅力があったようなのです。

喜劇詩人アリストパネス――この人は悲劇喜劇を問わず、芝居の見巧者でした――が注目すべきことを言っています。

ディオニュソス　さて船上で俺は一人で『アンドロメダ』を読んでいると、／突然に憧れ

（ポトス）が俺の心をはったと打った、／その強さといったら。
ヘラクレス　憧れだと？　どれくらいの大きさだ。
ディオニュソス　なに大したことはない、モロンくらいのだ。
（アリストパネス『蛙』五二〜五五、高津春繁訳、ちくま文庫）

アリストパネスは自作『蛙』（前四〇五年上演）の中で『アンドロメダ』の作者エウリピデスへの憧れをこのように記し、演劇の神ディオニュソスを前年に物故したエウリピデスに会わせるために冥界へ送り込もうとまでします。初演時（前四一二年）に見ることによって得られた魅力だけでなく、のちにシナリオを読むことによってもこの作品の異常な魅力に取りつかれたのです。ルキアノスは俳優の演技力を指摘しましたが、アリストパネスは書かれた文言に潜む力、魅力をはしなくも指摘していることになります。

わたしたちは文芸作品の魅力、作者がそこに込めた主張を「読むこと」によって受容するのが普通です。しかし古典古代のギリシアにおいては「聞くこと」（叙事詩、抒情詩の場合はこれを人前で朗唱しましたから）、「聞きかつ見ること」（演劇の場合）が普通でした。その一方で、劇作品のような韻文で書かれたものであっても「読むこと」によって受容されることが始まっていたのです。
アリストパネスが作者に憧れを抱いたほど魅力的な文言は、劇中のどこのどの部分でしょうか？

3　魅力の解剖あるいは大騒ぎの原因

もう一度ルキアノスの文章に戻ってみましょう。なかにこうあります、「彼らは「おお、あなた、神々と人間の王、エロスよ」およびそれに続く箇所を大声でおらびあげ、それが連日のように続いたが……」と。今に伝わる断片集にもう少し詳しく出てきます。

おお、あなた、神々と人間の王、エロースよ、／美しいものが美しく見えることを、わざわざ教えないでください、／あるいは、恋する者たちがうまくいくように、力を貸してやってください、／あなたのせいで生まれる恋の悩みに苦しんでいる時には。／このようにすれば、あなたは神々の間で敬われるでしょう、／しかし、そうしなければ、あなたを尊敬する者たちの抱く感謝の念は、／愛することを学んだというまさにそのために、あなたから奪われてしまうでしょう。（エウリピデス『アンドロメダ』断片一二六、久保田忠利訳、ギリシア悲劇全集12「エウリピデス断片」六三頁、岩波書店）

どうやらこのあたりの文言を――ルキアノスによれば――アブデラの市民たちは市中を連日歌い歩いたようです。エロス礼讃です。アリストパネスが作者エウリピデスに憧れ心を抱いたのも、このあたりの文言に感心したからなのでしょうか。いや、別な箇所なのか、あるいは劇全体なのか？　残念ながら「憧れ」を生んだ具体的な原因あるいは場所（文言）は明示されていません。しかしとにかくアリストパネスは早くに――もちろん大騒動が起きる前から――この作品の異常な魅力を読み取っていたのです。

アリストパネスと同様にこの作品を読み、その魅力に引かれ、そしてその作品の持つ魅力こそがアブデラでのあの騒動の原因だとする人がいます。イギリスの作家ローレンス・スターン（一七一三～六八）です。その著『センチメンタル・ジャーニィ（感傷旅行）』の中で先ほどの『アンドロメダ』の中の一行「おお、あなた、神々と人間の王、エロスよ」を取り上げ、これこそ「自然の情の優しき調べ the tender strokes of nature（which the poet had wrought up in that pathetic speech of Perseus)」であり、その調べが観客の魂を強く動かしたのだとしています。アリストパネスと違って、具体的な一行の文言を上げてその魅力を告げています。そしてそれが騒動の原因だと言っているのです（坂本武『ローレンス・スターン論集——創作原理としての感情——』二二九〜二三〇頁、関西大学出版部）。

ほぼ同時代のドイツの作家クリストフ・マルティン・ヴィーラント（一七三三〜一八一三）はルキアノスの文章を読み、またスターンの見解をも参照したうえで、ちょっとおもしろいことを言っています。騒動の原因はアブデラ市民のおめでたさにあると言っているのです。古来アブデラ市民は愚昧さで近隣に知られた存在でした。プロタゴラスやデモクリトスといった優れた人間を輩出した市であったにもかかわらず、です。

さらに加えてヴィーラントはこうも言っています、「これを要するに、一件は——我々が物語ったとおりに起こったのである。エウリピデスの『アンドロメダ』の余波でアブデラ人を襲った発作を熱病と名づけようとご勝手だが、そうとすればそれは少なくとも、今日に至るまで、尊いドイツの祖国の数多の都市が取り憑かれている、芝居熱と別種のものではなかったのである。アブデラ人の血に特有の病というよりも、善良な人々一般の、アブデラ的お目出たさの中に潜んでいる病だったのである」（ヴィーラント『アブデラの人びと』義則孝夫訳、二一二頁、三修社）と。

アブデラ人は、ドイツでいう「シルダの市民」と同様の「頭ののぼせた連中」であることを認めたうえで、しかし騒動の原因としてはそれだけでなく「芝居熱」――これは当時ドイツで盛んであったドイツ市民劇人気を支えていたものですが――があったと指摘しています。世に有名なアブデラ人の「おめでたさ」とは、この場合彼らの無批判な受容精神、芝居熱だと言ってよいのです。スターンの言うようなたった一行の文言ではなく、劇全体を無批判に受け入れる忘我の芝居熱、それがあの騒動の原因です。なるほど作品に対する無批判な没入、陶酔、一種のファン気質、これこそ作品受容の第一条件だといえますね。作品の受容、そして評価に、作品が持つ価値、魅力だけでなく、それに加えて作品の対極にいる観客あるいは読者の受容力を考えたこの考察は、けだし卓見だと思われます。

4　魅力の解剖あるいは大騒ぎの原因――追加

この作品は、どうやら一風変わった作品であったようです。冒頭（プロロゴス）からして主人公アンドロメダの独唱で始まっています。プロロゴスとしては変わった趣向です。

アンドロメダ　おお、神聖な夜よ、／なんと遥かに遠くあなたは馬車を駆り立てることか、／神聖な高空の／星を散りばめた山の背の上を走り／どこよりも荘厳なオリュムポス山を越えて。（断片一一四、久保田忠利訳、以下同）

木霊という斬新な趣向。

アンドロメダ　洞窟にいるあなたに申します、／こだまを返すのは止めて、エーコーよ、私が仲よしの乙女たちと心ゆくまで／嘆くのを邪魔しないでください。（断片一一八）

飛行靴で空を飛びながら登場するペルセウス。

ペルセウス　おお神々よ、わたしは、一体どこの見知らぬ人々の国へたどり着いたのか、／（空中を飛ぶことのできる）迅速なサンダルを履いて。わたしは高空の中ほどに／道を

とり、翼ある足を運んでいる。（断片一一四）

これだけでも観客の心をゆすぶる装置ですが、極め付きは先に上げた「おお、あなた、神々と人間の王、エロスよ」に始まる一節（断片一三六）、すなわち恋エロスを仲立ちとする若い男女の出会いと希望に満ちた甘美な恋の逃避行です。こうした特異と言ってよい趣向とロマンティシズムは、初演時のアテナイの観衆の心も、再演時のアブデラの観衆の心も、シナリオを読んだアリストパネスやスターンの心をもしっかりとらえたことと思われます。

それはわかるのですが、そういう心奪われた人が一〇〇人を超える集団となってセリフを朗唱しながら長期間アブデラの市中を練り歩く事態にまでどうしてなったのか、それがわからないのです。

エウリピデスと同時代のアリストパネスに始まり、五〇〇余年後のルキアノス、二一〇〇余年後のスターン、ヴィーラントらは、本篇の作品としての魅力およびその特異な反響について語ってきました。アリストパネスの場合は、作品を観かつ読んだうえでの純粋な作品論と言ってよいでしょう。ルキアノス以降の面々の場合は、作品を読むだけではなく、ルキアノスによって知らしめられた前四世紀末のアブデラでの騒動を踏まえたうえでの演劇活動の総体論となっています。

演劇という芸術活動の評価は、単にシナリオ分析だけで終わるもの、それだけで事足りるものではありません。俳優、舞台装置、衣装、観客の反応、演出等すべてがその対象になります。ルキアノスが俳優アルケラオスの熱演を好評（その結果としての騒動）の要因と挙げたのは意味があるのです。スターンはシナリオ（断片一三六）を挙げました。ヴィーラントは観客の受容態度（芝居熱）に好評の要因を求めました。あのアブデラで真夏から冬まで続いた熱狂の要因です。これは興味ある見解です。では、その彼らの熱狂の原因は何でしょう？それをどこに求めたらよいのでしょうか？

アリストパネスは、作中ディオニュソスをして『アンドロメダ』を読ませ、作者エウリピデスへの「憧れ（ポトス）」を喚起させ、冥界にまで訪ねて行かせました。だが彼はアブデラでの騒動よりも以前の人間です。騒動とは直接の関係はありません。作品から受けた感動は、自作『蛙』でディオニュソスを作者エウリピデスに会わせるために冥界まで行かせるというかたちで表現しました。けっこう大きな感動です。

ルキアノスも自分の見聞記を書いているわけではありません。四〇〇年以上も前の出来事を話として聞いてそれを報告しているわけで、騒動の様子は伝聞と想像の合作でしょう。ただ彼はアブデラ市民をアリストパネスのように冥界へは行かせず、長期にわたって市内を練り歩かせた——そのように聞いたことを書き記しています。そしてその原因は俳優アルケラオスの卓越した演技力にあると、いやあったろうと考えたのです。しかしこれはずいぶんと無責任な推論と言わねばなりません。彼は舞台上のアルケラオスを——いかに入神の演技を披露していたとしても——観ることはできなかったからです。ルキアノスは作品『アンドロメダ』を読もうと思えば読めたはずですから、シナリオの段階で騒動を起こすほどの出来栄えであるかどうかの判定はついたはずですが、その点については一言も漏らさず、観た者以外は誰もがその出来栄えに容喙できない俳優の演技のみに判断基準を置いて、自分の審判を述べることは巧妙に回避しています。わたしたちも「そうかもしれぬ」としか言いようがありません。

スターンはシナリオに、つまりその文芸的価値に騒動の原因を見ようとしました。ルキアノスが文中で取り上げたのと同じ一節（断片一三六）の中にエウリピデスが籠めた「自然の情の優しき調べ」にこそアブデラ市民の熱狂の因があるとしました。この点は読む行為の中に魅了された要因を発見したアリストパネスと似通います。しかし騒動に参加したアブデラ市民すべてがスターン同様の感受性の持主であったかどうか、いささか疑問です。幾人かはスターンのと同じ文言に感銘を受けた――これはありうることです。しかしそれが即時に他の市民らに伝染し騒動を起こすに至った、とは考えづらいのではないでしょうか。セリフに込められた文芸的、芸術的価値に心から感銘を受けて共鳴する人間は、おそらく一〇〇名もいません。その共鳴が行動を伴って騒動にまで発展するには何らかの調味料、隠し味が必要ですが、それは何か、どこにあるのか？

ヴィーラントは視点を変えて騒動の原因を俳優の演技やシナリオの文言ではなく、観客側に求めました。それは観客すなわち市民らにあるとしたのです。古来アブデラは愚者の町との評判が高かった、その愚者が観たからこそ騒動が起きたというのです。この場合の、つまり芝居見物の場での愚者とは、観劇に際して一切の批判精神を封じ、舞台と無批判に接するということです。舞台上で展開される言辞様態をあるがままに受け入れるということです。これだと長期にわたる騒動は起こり得ます。

いや、ちょっと待ってください、残念ながらこれだけでは騒動は起きません。受けた感動が一大騒動にまで進展するにはもうひと手間必要です。騒動を起こすものが要ります。人か物か？　人です。愚者が一〇〇人いても騒動は起きないのです。起こすための仕掛人が要るのです。

5　仕掛け

もう一度ルキアノスに戻りましょう。「わたしの見るところ、この騒ぎの原因は俳優アルケラオスにあるように思われる」と彼は言っています。俳優アルケラオスの快演が真夏の暑熱と相まってアブデラ市民らのあいだに生理的な熱中症だけでなく、心理的な熱中症をも引き起こしたと言っています。この文章はそのように読めます。

アルケラオスはアブデラの劇場で真夏の陽の下でペルセウスを演じました。と同時に彼は陽が落ちた夜にも、今度は市内の場末の居酒屋でペルセウスを演じたのではありますまいか。いや、彼ではない、彼の分身が。彼についてきていた若い門人たちが。

もちろん暑熱の下での熱演は観客の皆に強い感銘を与えました。その記憶がまだ消えないところへまた同じセリフを聞いたら――。師のアルケラオスが市内各所に放った分身たちは、その二度目の着火装置の役割を果たしました。市民たちも、思いはあっても一人ではなかなか声を上げられません。それが隣でも向かいでも、もし声が出れば、それに唱和して声を出し、やがて皆そろって大声に叫び出します。下町から高台へ、路地裏から大通りへ、人の塊が声高に歌いつつ繰り出していきます。乾いた落ち葉にマッチ一本投ずるがごとし、たちまち燃え上がり大火事になります。枯葉だけでは燃えませんが、幾人かの痴れ者が、いや切れ者が、火種を投じれば、枯葉は燃え付き燃え上がるのです。

アルケラオスが考えたことでしょうか？　それとも巡業を請け負ったアブデラの興行社の某が仕掛けたのでしょうか？　いや、巡業団を送り出したアテナイのしかるべき立場の人間の指令によるものでしょうか？

で、その目的は何でしょうか？　興業の実績を上げるための世論操作でしょうか？　しかしこれは上演前の前宣伝ではありません。上演成功後の打ち上げ祝賀会のようなものです。ですが、責任者が今後に資すると思えばやりかねません。

アルケラオスはどうでしょうか？　劇場では喝采を浴びました。その上でのこの騒ぎです。名声はますます上がり不動のものとなるでしょう。稀代の名優としてのちの世に語り伝えられることになりましょう。現に四五〇年ほど後にわたしがそう言っているではないかと、ルキアノスは言っているのです、「わたしの見るところ、この騒ぎの原因は俳優アルケラオス（の仕掛け）にあるように思われる」と。

第5章　渡る――エウリピデス『ヘカベ』（上演年代不詳）

1　海のあちら

トロイア戦争およびそれにまつわる話はしばしばギリシア悲劇の素材になります。ここに取り上げるエウリピデスの『ヘカベ』もその一つです。そもそも題名になっているヘカベその人がトロイア王国の王妃です。しかし王国は滅びました。彼女は国母《こくぼ》転じて一介の老婆、いや勝者ギリシアの総大将アガメムノンに仕える奴隷の身となり果てています。

その彼女がいま居るのはトロイアからヘレスポントスの海峡を西に渡ったケルソネソスの地です。そこでギリシアへ渡る船の風待ちをしているのです。長く住まいしていたトロイアの城は焼け落ち、戦乱の巷、叙事詩の時代、英雄たちの世界は過去のものとなりました。日常の生活が戻って来た、いや、始まろうとしています。

その彼女に二つの事件が降りかかります。そのいずれもが彼女を嘆かせ、苦しめます。どんな事件か？　劇のあらましを見ておきましょう。

［劇の粗筋］

冒頭ポリュドロスの亡霊が登場し、自らの死について語ります。彼はヘカベの末子で、年少のゆえに戦場に出ず、トラキア王ポリュメストルの許へ財宝を付けて預けられていました。トロイア落城後、風を読んだポリュメストルは信義を破ってポリュドロスを殺し、財宝を奪います。亡霊はまたアキレウスの亡霊が生贄を要求していると告げます。劇が動き始めます。生贄に選ばれたのはヘカベの末娘ポリュクセネです。生贄は海峡の彼岸の英雄世界の出来事で、此岸のヘカベには手出しできません。ただ泣くだけです。

劇の半ば、ポリュドロスの死体が浜に打ち上げられます。ただちに報復を決心したヘカベは、策を弄してポリュメストルを呼び寄せます。ちょうど生贄ポリュクセネの後始末の件で、アガメムノンが海峡を渡ってケルソネソスへ来ていたところでした。そのアガメムノンを、ヘカべは巧みに説きつけて内諾を得、ポリュメストルへの復讐を果たします。目を潰され幼児二人を殺されたポリュメストルは、ヘカべとアガメムノンに報復を予告します。報復は連鎖するのです。

先にケルソネソスのヘカべに二つの事件が降りかかると言いました。右の粗筋からわかるように、一つは末娘ポリュクセネの犠牲死、いま一つは末の男子ポリュドロスの惨死です。前者は前時代の残滓ともいうべく戦乱の内に斃れた英雄アキレウスの霊が求める生贄です。後者は信頼して託した仲間ポリュメストルの裏切りによる惨死です。

まずポリュクセネの生贄の件から見て行きます。

ポリュクセネの生贄は海の彼方、シゲイオンのアキレウスの墓所で行われます。海のこちらケルソネソスにいるへカべにできることは何か？　生贄は戦乱に明け暮れる英雄社会の慣行のようなものです。いまのへカべにできるのは、これを座視すること、堪えること、泣くことだけです。それでも彼女は、かつて戦時中のトロイア城内で助命したことがあるオデュッセウスに返礼を期待して生贄の儀式の中止を懇願しますが、冷たく拒否されます。

オデュッセウス 〈……〉わたしは、大恩あるあなたの身柄なら保証して差し上げられる。／それは間違いない。／だが皆の前で言ったことは撤回するつもりはない。／トロイアが落ちたいま、わが軍随一の勇者（アキレウス）に／望むがままそなたの娘を生贄に捧げるべし、ということだ。

（三〇一～三〇五）

アキレウスは、われらの手で手厚くもてなされねばならぬ。／あれはギリシアのために死んだかけがえのない勇者なのだ。

（三〇九～三一〇）

ここにあるのは国家の論理です。国家のために立派に戦って死んだ者は、それにふさわしい栄誉をもって報いられるべきである、それによって国民の士気も昂揚し、秩序は保たれ、富み栄えるというのです。

かくして生贄は実施されます。此岸にいるヘカベは海峡の向こうの世界の出来事には容喙《ようかい》できないのです。海が両者を隔てるのです。敗残の身となってかつての世界――叙事詩的英雄的社会――から弾き出されたヘカベに口出し出来るのは、新しく属することになった日常世界の出来事だけです。英雄ならぬ人間が跋扈する世界の出来事だけです。ヘカベはポリュクセネの生贄に対しては何もできないのです。国母としての力はなくなりました。勝者ギリシアの傲慢な権力の行使に抵抗することはできません。ただ泣いて耐えるだけです。降りかかった禍をただ受動的に耐え忍ぶ姿、それが劇前半のヘカベです。

2　海を渡る

三日前にヘカベは海を渡ってきました。国母という公人から奴隷という一個人へ変貌します。海は二つの世界を結びもし、また隔てもします。彼女だけではありません。英雄たちも海を渡ることでその姿を変えます。オデュッセウスがよい例です。ポリュクセネの身柄を引き取りに来たとき、冷徹な国家官僚然としていた彼が、その裏の顔をちらと見せます。

オデュッセウス　アキレウスの霊がわれらギリシア人に求めたのは、／お年寄りよ、そなたではない、こちらの娘を殺せというのだ。

ヘカベ　ではわたくしも一緒に殺せばよい。／そうすれば飲む血の量も二倍となりましょう。／大地にもまたそれを待ち受けている骸《むくろ》にも。

オデュッセウス　娘の死だけでじゅうぶん、それ以上は余計だ。／いや、娘にしたって死なずにすめばよいものを。（三八九〜三九五）

最後の一言（三九五行）は思わず漏らした彼の本音でしょう。海峡の西側のケルソネソスでは、英雄も人間に帰るのです。彼は国家、戦争、死、栄誉という、いわば叙事詩的世界の概念に対して、わずかながら個人的感情を吐露します。煽動家と非難され、大衆を味方につけ、冷酷で高圧的に国家の論理を行使しようとする反面、一瞬ではありますが人間味を見せます。このことは生贄が国家の要請という一見高邁《こうまい》な論理に従いながら、その内実は人身御《ひとみご》供《くう》という野蛮極まりない非論理的行為であることに、彼が気づいていることを示しています。

この点で、彼は叙事詩的世界を逸脱するのです。

伝令タルテュビオスも同様です。生贄後のポリュクセネの葬儀のために母親へカベを迎えに来た彼は、生贄の場の情景をこう切り出します。

お妃殿、あなたはわたしにもう一度泣けと言われるのか、不憫な娘御の身の上を。／い

まその顚末を話せばまた泣けてこよう。／墓のところで亡くなった先ほども泣かされた
ものだが……
（五一八～五二〇）

さらにまたギリシア軍のほとんどの者が、彼女の雄々しく健気な死に讃嘆と憐憫の情を抱いたことを告げます。タルテュビオス自身も生贄の場で泣き、それを母親に話しつつまた泣きます。冷静であるべき伝令が、職務を逸脱したかの如く、人間味あふれる一個の人間として人の世の無常を嘆くのです。

アガメムノンも海を渡ってきます。ヘカベを娘の葬儀に急がせるためです。息子ポリュドロスの復讐を決意したヘカベはアガメムノンに協力を求めます。ところがポリュメストルが治めるトラキアはギリシアの同盟国です。事は簡単に運びません。正攻法では無理と見たヘカベは、娘カサンドラがアガメムノンの愛妾となっているところから、個人的な愛情関係という搦め手から攻めてアガメムノンを篭絡します。

ポリュメストルが「客人への信義」を破ってまでポリュドロスを殺害したのは黄金に目がくらんだだけではない、トロイア落城後のギリシアとの関係を考慮したうえでの政治力学上の当然の帰結でした。

アガメムノンはどうか？　彼は逡巡します。二つの理由からです。一つは理想と現実が必ずしも一致しないという状況の故です。「客人殺し」を法の力に基づいて懲らしめるのは正義（理想）です。だがそのためには同盟者を裏切ることになります。これは無視できない現実です。いま一つはカサンドラとの個人的関係です。しかし愛情ゆえに同盟者を裏切ることもまたできません。優柔不断にならざるを得ません。こうしたアガメムノン像は上演当時の世相を反映しています。「黄金の五十年」（ペルシア戦争後の復興と繁栄）以後の前五世紀末は、ペロポネソス戦争（ギリシア内戦）の勃発と相まって甚だしく価値観の混乱を招来し始めてくる時代です。旧世代の価値観はことごとく覆されます。恩義や血縁による古い人間関係が崩れ、従来の慣例や法秩序も維持できなくなり、利害得失を基本とする即物的、現実的人間関係が巾を利かすようになります（トゥキュディデス『歴史』第三巻八二章などを参照）。その揺れ動く時代の一半を、このアガメムノン像は象徴しています。けっきょく彼は愛情という個人的理由から同盟者を裏切ります、「正義のため」という大げさな値札をぶら下げますけれども。

ヘカベもまた海を渡って来た人間です。国母から奴隷へと身を落とし、海の此岸の新しい世界の住人となりました。その彼女に二つ目の禍がのしかかります。息子ポリュドロスの死です。劇の冒頭に亡霊となって登場していたポリュドロスが、骸のかたちで浜に打ち上げられます。瞬時に下手人の当たりをつけたヘカベは復讐を決心します。劇の後半、彼女の報復行動が展開します。

3　海のこちら

海を渡って来た者はすべて通常の人間になります。叙事詩的、英雄的世界のさまざまな束縛から解放されます。一介の老婆となったヘカベがポリュメストルに報復の刃を向けるのも、何の不思議もありません。ただポリュメストルの国トラキアはギリシアと同盟関係にあります。アガメムノンはどう出るか？

そのアガメムノンはいま海を渡ってケルソネソスに来ています。ヘカベは彼を説得し、味方につけて復讐を成功させたいと考えます。娘のカサンドラがアガメムノンの愛人という個人的関係を利用した搦め手からの説得です。

さあ、よくお聞きください。ここに死んでいる者の姿がご覧になれましょう。／この者

〈ポリュドロス〉に情けをかけてやってください、そうすればあなたの義理の弟によくしてくださることになるのです。（八三三〜八三四）

アガメムノンは逡巡します。

〈……〉つまりここが厄介なところなのだが、／軍の者はあの男〈ポリュメストル〉は味方、この死んだ男〈ポリュドロス〉は敵と思っている。／この男がわしの身内になるといっても、／それはあくまでも別問題、軍とは無関係なのだ。／だからよく承知しておいてもらいたい。／そなたは、わしがすすんでそなたを助ける、しかもすぐに手を貸すと思っていようが、／もしギリシアの者から文句がつくとなると、躊躇せざるをえないのだ。（八五七〜八六二）

しかしけっきょくこの手法は功を奏し、ヘカベはアガメムノンの黙許を得ます。

〈……〉軍がいますぐ船出をすることになっていれば、／そのような便宜は図ってやれないところだが――。／いまは神が追風を吹き起こしてくださらぬゆえ、／船出を待ちながらただここにじっとしている他ないわれらだからな。／とにかく成功を祈る。
（八九八～九〇二）

復讐は成功します。隠し財産があるという口実で慾深いポリュメストルをおびき寄せ、海浜の天幕内へ誘い込み、彼の幼児二人を殺し、彼の目を潰します。
しかし復讐は連鎖します。ポリュメストルはヘカベとアガメムノンの破滅を予言します。

ポリュメストル　おお、痛ましい、わが子供たち、それにこのおれの目、ああ。
ヘカベ　辛いか。ではどうだ、わたしのほうは子供のことを辛がっていないとでも言うのか。
ポリュメストル　おれに勝ち誇り、喜んでいるのだな、何という悪い女だ。
ヘカベ　仕返しができて嬉しいのだ、どこが悪い。
ポリュメストル　だがいまに喜んでおれなくなるぞ、海の水がおまえを……
ヘカベ　ギリシアの国の岸辺まで運んで行ってくれるというのか。
ポリュメストル　帆柱の上から落ちたおまえを呑み込んでしまうだろう。

ヘカベ　誰に突き落とされて。
ポリュメストル　自分の足で帆柱へ登って。
ヘカベ　背中に羽根を生やしてか、それともまたどんなふうにして。
ポリュメストル　そしてその身は火のように赤い目をした犬に変わる。（一二五五〜一二六五）

予言のかたちではありますが、このあとヘカベを待ち受けている禍、死と犬への変身が語られます。ヘカベだけではありません。ポリュメストルは自分を裏切ったアガメムノンの死――帰国後に待っている妻クリュタイメストラによる惨殺――も予告します（一二七九）。

まさに悪役ポリュメストルと言ってよろしいが、しかしそうとばかり言えないのです。もう少しその様態を見てみましょう。客人として預かったポリュドロスを殺したのも、またヘカベの誘いに乗って天幕内へ連れ込まれたのも黄金への欲望ゆえのことでした。目を潰されて天幕から出て来た彼は、アガメムノンにこう言います、ポリュドロス殺害はトロイア王家の最後の胤を絶やすことによって王国再興の望みを絶ち、同盟国ギリシアの利益を図ったものであるし、また自国の安寧を図ったものでもあると。彼に金銭・黄金への欲望があったことはもちろんですが、同時にこれは自国防衛のための現実的な処置、それへの配慮でもあったのです（一一三六行以下）。

アガメムノンはポリュメストルの「客人殺し」を野蛮な行為であると非難しますが、ギリシア人もポリュクセネを生贄にしました。野蛮性において変わりありません。従来の基準では計りきれない価値観の混乱状況がここに反映していましょう。

目を潰されて天幕から出て来るポリュメストルの姿は、しばしばキュクロプスとの類似性が指摘されます。キュクロプスは無法者ないしは逸脱者の立場から法治社会を揶揄批判し、「聖戦」トロイア戦争の虚しさを嗤いました。辺境から中央を撃ったのです。ポリュメストルにはそれほどの哲学はありません。しかし彼は前五世紀末の現実の姿を自己に投影し、それを行動で示しました。その行動基準は、自己および自己が属する党派の利益を最優先するということです。

アガメムノンは「客人への信義」というギリシアの伝統的な価値観を破ったとして、ポリュメストルを断罪します。しかし伝統的な価値観がすでに現実の前では意味を持たぬものになっていたことを、アガメムノンは認識していないのです、認識してしかるべきなのに。だって彼もカサンドラとの個人的関係すなわち自己の利益のために同盟者を裏切ったんじゃありませんか。理想《たてまえ》と現実《ほんね》との乖離、これこそが前五世紀末の世情であり、それを観衆のアテナイ市民もよく弁えていたと思われます。ポリュメストルは簡単に断罪されてはなりません。

4 結ぶ海、分かつ海

本篇は前半、後半がそれぞれ異なる伝承を素材として構成されています。前半はポリュクセネの生贄、後半はポリュメストルへの復讐です。いわゆる〈二つ折り構造〉と言われるものです。ここからこの劇の統一性の問題が生じてきます。

ヘカベが前後半を通じて劇に一貫して登場していますから、彼女の存在をもって劇の統一性を象徴するものと考えることはできます。しかしその実体は、よく見ると変容しています。ポリュクセネの生贄を描く前半の彼女は、悲運を嘆きつつ耐える悲劇の母であり、娘の犠牲死を甘受せざるを得ない受動的なヘカベ像です。一方後半の彼女は、「客人への信義」を破ったポリュメストルへの復讐に立ち上がる復讐鬼、能動的なヘカベ像となっています。

あきらかに二つの対照的なヘカベ像が提示されています。ここに劇としての統一性を認めることは可能でしょうか?

認めるためには、前後半を通じて一貫して登場し続けるヘカベ像のなかに何らかの連続性あるいは発展性を見出し、それによって統一性を確認する以外に手立てはないと思われます。しかるに彼女は変容しています。発展ではありません。受動的な被害者から能動的な加害者への変容です。倫理的には堕落の途です。ただその途を逐一ヘカベの心理の変化を辿って跡付けることはできません。作者はそのように書いてはいないからです。変容は突然です。そこに連続性はありません。むしろ作者は連続性よりも断絶を書こうとしたかのように思えます。作者はここで二つのヘカベ像の対照性をきわだたせようとしたのです。受動的被害者も、能動的加害者も、どちらもヘカベです。作者は、その簡単には統一できぬ複雑な二面性を敢えて提示し、対置させようとしたのです。

このように分極化した姿は、なにもヘカベだけに現れるのではありません。ほとんどすべての人物に多かれ少なかれ共通する事態です。オデュッセウスもタルテュビオスもそうでした。ポリュクセネもそうでした。隷属を嫌い、自由人として死んだつもりであるのに、生贄の実行者ネオプトレモスの剣は、胸ではなく喉をえぐったのでした。畜獣同様に犠牲獣として処理されたにすぎません。これが「高貴な死」の実態です。ここには何であれ物事の表面下の実態を抉りだしてみせるエウリピデスの皮肉で冷徹な目があります。

アガメムノンも同様です。ギリシア軍の総大将が愛にまつわる個人的な理由から同盟者を裏切ります。ポリュメストルも一方で同盟者の利益を口実にしながら、金銭欲のために「客人への信義」を破ります。ヘカべも息子の復讐といいながら、実態は残虐な幼児殺しです。ここには各人がもつ二面性と、その行為の名目と実態との乖離が露呈されています。ヘカべ像をはじめとして、本篇のすべての人物、事態は複眼で捉えられねばなりません。

それぞれの二面性は、そのいずれが善い悪いの問題ではありません。それは善悪を越えた一つの現実です。元の事態そのものに胚胎していたものが、状況に応じて露呈されたということに過ぎないのです。エウリピデスはそれを冷静に提示しているのです。

このいわば不合理性をよく体現するのが母親という存在です。母親であるからこそ娘の生贄を嘆くことができるし、また彼女の健気な最期を聞いて「心が晴れた」(五九一)と誇ることもできるのです。また息子の仇を討つために敢えて「幼児殺し」という過激な行為もやってのけますし、犬への変身も厭わないのです(一二六五)。母と子の絆に固執する哀れなヘカべ、娘からは哀れみを受け、息子からは同情され、しかも依頼されざる復讐にまで突き進むのです。劇の前半でも後半でも、描かれているのは母親としての姿で、それ以上ではありません。

作者エウリピデスは母親としてのヘカベを描きながら、そのことによって劇の統一性を意図したのではありません。むしろ不統一性を描こうとしたのです。いや、不統一性を描きながら統一性を描こうとしたのです。二つのヘカベ像の間には海があります。ヘカベの中に存在する叙事詩的英雄的世界と卑俗な人間界——この二つを結びもし隔てもするのが海であり、ヘレスポントス海峡です。ポリュクセネを連れ去り、ポリュドロスを連れて来る海、それは現実の海であると同時に、またわれわれの脳裏に浮かび上がる表徴《イメージ》としての海でもあるのです。母は海、いや、海は母でしたか——そんなことを詠った詩人がいましたね。

第6章　書く――エウリピデス『トロイアの女たち』（前四一五年上演）

1　時代を書く（その1）

トゥキュディデスという人が居ます。古典古代のアテナイを代表する知識人の一人と言ってよい人です。『歴史』という本を書きました。前四三一年に始まり前四〇四年に終わったギリシアの諸都市国家を二分する内戦（ペロポネソス戦争）を克明に記録したものですが、単なる戦記ではありません。戦争を起こした者たちの国家共同体、その形、運用状況、すなわち政治、そこに生きる市民の思想と行動等々をリアルに考察し、そのあるがままを描き、もって人間の究極の在り方を提示したものです。

その彼が、内戦勃発後一五年の前四一六年に起きたある事件を取り上げ、書き残していいます。内戦の一方の旗頭アテナイがエーゲ海南西部の小島メロス島に攻め込み、攻略した事変です。世に「メロス島事件」と呼ばれているものです。トゥキュディデスはこの事件の様相を、両者が軍事行動に及ぶ直前の外交交渉の様子、その談判記録というかたちで書き記しています（トゥキュディデス『歴史』第三巻八四〜一一六章）。

メロス島は元来スパルタ（内戦のもう一方の旗頭）の植民市でした。ただ内戦時には中立の立場を保持しようとしていました。それを大国アテナイが傘下に従えようと攻略に乗り出したのです。談判に示される両者の主張を見てみましょう。

アテナイがメロス攻略に着手したのは前四一六年夏です。トゥキュディデスはそのことを次のように書き始めています（引用文は久保正彰訳『戦史（＝歴史）』（中）、岩波文庫。但し原語の長短は無視させていただいた）。

［引用1］アテナイ勢は、自国の軍船三十艘、キオス船六艘、レスボス船二艘をつらね、自国の重装兵千二百、弓兵三百、弓馬兵二十、同盟諸国とくに島嶼からの重装兵約千五百を率いて、メロス島攻撃に遠征した。メロス島市民はラケダイモン（＝スパルタ）から植民していた

が、他の一般島嶼の住民のようにアテナイの支配に服すことを好まず、開戦当初はいずれの陣営にも与せず中立を保っていたところ、やがてアテナイがその耕地に破壊行為を加えて同盟参加を強制しようとし、それいらい、露骨な交戦状態に入っていた。（第五巻八四章）

談判の冒頭でアテナイ側はこう言います。

［引用2］われら双方は各々の胸にある現実的なわきまえをもとに、可能な解決策をとるよう努力すべきだ。諸君も承知、われらも知っているように、この世で通ずる理屈によれば正義か否かは彼我の勢力伯仲のとき定めがつくもの。強者と弱者の間では、強きがいかに大をなし得、弱きがいかに小なる譲歩をもって脱しうるか、その可能性しか問題となり得ないのだ。（第五巻八九章）

さらに続けてこう言います。

［引用3］さて今回やって来た目的は、われらの支配権に益をはかり、かさねてこの会談に託

して諸君の国を浮沈の際から救うこと、この趣旨の説明をつくしたい。われらの望みは労せずして諸君をわれらの支配下に置き、そして両国たがいに利益を頒ちあう形で、諸君を救うことなのだ。（第五巻九一章）

メロス側はこれに異を唱え、中立でありたいと主張します。

［引用4］われらを敵ではなく味方と見做し、平和と中立を維持させる、という条件は受け入れて貰えないものであろうか。（第五巻、九四章）

アテナイ側が言います。

［引用5］諸君から憎悪を買っても、われらはさしたる痛痒を感じないが、逆に諸君からの好意がわれらの弱体を意味すると属領諸国に思われてはそれこそ迷惑、憎悪されてこそ、強力な支配者としての示しがつく。（第五巻、九五章）

メロス側。

［引用6］ともあれ、われらにも心得があること、勝敗の帰趨は敵味方の数の多寡どおりには定まらず、往々にして彼我公平に偶然の左右するところとなる。さればわれらにとって、今降伏することは今絶望を自白するに等しい、だが戦えば戦っている間だけでも勝ち抜く希望がのこされている。

（第五巻、一〇二章）

アテナイ側。

［引用7］希望とは死地の慰め、それも余力を残しながら希望にすがる者ならば、損をしても破滅にまで落ちることはない。だが、手の中にあるものを最後の一物まで希望に賭ける者たちは（希望は金を喰うものだ）、夢破れてから希望の何たるかを知るが、いったんその本性を悟ったうえでなお用心しようとても、もはや希望はどこにもない。諸君は微力、あまつさえ機会は一度しかないのだから、そのような愚かな眼にあおうとせぬがよい。

（第五巻、一〇三章）

メロス側は希望する根拠にスパルタからの救援を挙げます。

［引用8］だがわれらは罪なき者、敵こそ正義に反する者であれば、神明のはからいの欠くるところなきを信じ、軍兵の不足はラケダイモン（＝スパルタ）との同盟が補いうると信じている。たとえ他に何の理由がなくともただ血族の誼と廉恥を重んじる心から、かれらはきっと救援にやってくる。されば、諸君が言うほどに全く何の根拠もなくして希望をかかげているわけではない。

（第五巻、一〇四章）

アテナイ側はこう返します。

［引用9］さてまたラケダイモン人に託する諸君の期待であるが、恥を知るかれらのこと故、必ずや加勢にやって来る、と諸君は信じている。諸君の苦労知らずのその考えたる、誠に祝福すべきではあるが、しかしその愚さを羨もうとは思わない。まことにラケダイモン人は己を律し国の法を尊ぶことにかけては、余人の追従をゆるさぬ厳しい徳を示す。だが他国他人

に対するかれらの態度はどうか、人はさまざまの褒貶をなしえようが、一言をもって要をつくせば、快こそ善、利こそ正義と信ずることにかけて、かれらの露骨な態度はまた世に類ないと言われよう。されば、かくのごときかれらの考えが、現在諸君が理を無視して夢を託す救済などと、相容れぬことは言をまたぬ。

（第五巻、一〇五章）

アテナイ側は続けます。

［引用10］援助を求める側がいくら忠誠を示しても、相手を盟約履行の絆でしばることにはなるまい、いな、求める側が実力において遥か優勢であるときにのみ、要請は実を稔らせる。この点についてもラケダイモン人はとりわけ算用だかい（ちなみにかれらは自国の兵力に対する不信から、大勢の同盟軍を率いて他国を攻めるくらいだ）、したがって、われらが海を支配する限り、いかなる論理によろうとも、かれらが海を渡り島にやって来ようとはおもわれぬ。

（第五巻、一〇九章）

そしてついにアテナイ側はこう言います。

〔引用11〕要するに諸君が生命の綱と頼んでいるものは、いつ実現するとも知れぬ希望的観測に過ぎず、また、すでに諸君の前に対峙している現実に比すれば、諸君の手の中の駒はあまりに少なく、とうてい勝味はない。

（第五巻、一一一章）

そしてわれらは一度退席するから、諸君らだけでもう一度協議してはどうかと言い、さらに続けてこう言います。

〔引用12〕人間にとってもっとも警戒すべきは、安易な己れの名誉感に訴えること、諸君も心して貰いたい。往々にして人間は、行きつく先がよく見えておりながら、廉恥とやらいう耳ざわりのよい言葉の暗示にかかり、ただ言葉だけの罠にかかってみすみす足をとられ、自分から好んで、癒しようもない惨禍に身を投ずる。そうなれば、不運だけならまだしも、不面目の上塗りに不明の譏りを蒙るのだ。諸君は、充分に協議すれば、この過ちから免れえよう。

（第五巻、一一一章）

これに対してメロス側は言います。

［引用13］アテナイ人諸君、われらの考えは最初に述べた通りだ。われらは、すでに七百年の歴史をもつこのポリスから、一刻たりと自由を剥奪する意志はない。今日までわが国の安泰を嘉したもうた神明のはからいを信頼し、また人間の、とりわけラケダイモン人の加勢のあらんことを頼みに、国家安泰に力を尽したい。また諸君に対しては、われらが友好国、中立国であることを認めるように要請するとともに、貴国とわが国と双方にとって適当と見做される平和条約を相互に締結し、われらの領土から撤退するよう、申し入れたい。

（第五巻、一一二章）

アテナイ側は最後にこう言いました。

［引用14］それでは愈々諸君は、その決議から察するところ、未来は現実よりも確実であると判断し、眼前になき物事もただ望みさえすればはや実現するかの如くに見える、という稀有な立場に立っているらしい。そしてラケダイモン人や、運や希望を信じて何もかも賭けて疑

わぬとあれば、何もかも失ってしまうのも止むをえまい。（第五巻、一一三章）

談判は決裂しました。トゥキュディデスはその記述を以下のように閉じています。

［引用15］やがてアテナイからデメアスの子ピロクラテスの指揮下に、第二回の遠征軍が到着した。攻城戦はここに至って激烈となり、またメロス内部からの裏切り行為も生ずるに及んで、籠城勢はついに、アテナイ側の意向に市民の処置一さいを委ねるという条件で、自発的に降伏を申し入れた。アテナイ人は逮捕されたメロス人成年男子全員を死刑に処し、婦女子供らを奴隷にした。後日アテナイ人は自国からの植民五百名を派遣して、メロスに植民地を築いた。（第五巻、一一六章）

前四一六年冬のことです。

2　時代を書く（その2）

メロス島事件があった年が明けて、翌前四一五年春三月、アテナイのディオニュソス劇場では例年通り悲劇の競演会が催されました。エウリピデスは『アレクサンドロス』、『パラメデス』、『トロイアの女たち』の悲劇三篇とサテュロス劇『シシュポス』をもって参加し、『トロイアの女たち』で二等賞を得ました（他の四篇は多少の断片を除いて散逸。ちなみに優勝はクセノクレスでしたが作品名は不明）。

『アレクサンドロス』の主人公アレクサンドロスは別名パリス、トロイアの若い王子で、ヘレネを拉致してトロイア戦争の原因を作った男。『パラメデス』のパラメデスはトロイア戦争に参加したギリシアの戦士ですが、戦中オデュッセウスと仲違いして謀殺された男。そして『トロイアの女たち』はトロイア落城後のトロイアの婦女子らの悲惨な状況を描いたものですから、いずれもトロイア戦争が劇の素材あるいは背景となっています。唯一完全な形で残存する作品『トロイアの女たち』はどういった劇なのか、そのあらましを見てみましょう。

［劇の粗筋］トロイアが落城し、長い戦争が終わりました。トロイア贔屓《びいき》のポセイドン神も敗北を認めます。その彼に、アテナ女神が帰路のギリシア軍に壊滅的な打撃を与えようと、協力を要請します。本来ギリシア贔屓だったアテナですが、勝利に驕ったギリシア人たちの不埒な行為に腹を立ててのことです。劇の冒頭部（プロロゴス）は二人の神の計画立案とその決定を告げます。

プロロゴス以降は捕虜となった女性たちの窮状の列挙です。カサンドラ、アンドロマケ、ヘレネが順に登場し、各自の悲劇的状況を述べます。クライマックスはヘクトルの遺児アステュアナクスの処刑です。敗残の老王妃ヘカベは右のどの場面にも立ち会い、罪なき者たちの恨み言を聞き取り、ギリシア軍を告発します。場所はトロイアの城下、焼け落ちた街に余《よ》燼《じん》がくすぶっています。非日常の世界はまだ続いているのです。

1　プロロゴス（前口上）の問題

本篇のプロロゴスは全九七行です。まずポセイドン神が登場し、トロイア方の敗北を認め、婦女子らの窮状を目にしつつ退場して行こうとします（四七行）。そこへアテナ女神が登場し、ギリシア軍の暴虐に鉄槌を下そうと、ポセイドンに加勢を求めます（四八〜九七行）。プロロゴスは四七行を境として前半はポセイドンの独白、後半はポセイドン、アテナの対話という二重構造になっています。すなわちトロイア敗北の確認と、勝利者ギリシアの驕りへの制裁の提示です。最後はポセイドンの次の言葉で終わっています。

愚かな奴らよ、城市《まち》を攻略し、／神殿と死者を祀る神聖なる菩提所を荒らしまわったあげくに、／今度はおのれの身を滅ぼすことになろうとはな。（九五〜九七）

これはさながら劇の最後に登場し、舞台上の人物たちに託宣を下して劇を締める「機械仕掛けの神（デウス・エクス・マキナ）」の言葉かと言ってもよいものです（プロロゴスのこの特異な構造は、すでに早くから研究者らに指摘されています）。

前半のポセイドンの独白は、劇の現状を告げ始動を促す点で、プロロゴスの役割を果たします。後半の二人の神の対話部分は、おごり高ぶるギリシア軍を懲らしめるための相談です。ギリシア軍の驕慢とは何か？　それがプロロゴス以下の敗者トロイアの女性たちの文言によって逐一明らかにされていきます。そしてこれこそが先ほどのポセイドンのあの恐ろしい予言を引き出す要因なのです。

プロロゴスのあと、ヘカベの独唱、次いでパロドス（合唱隊入場歌）と続き、以下劇のアクション部分は、カサンドラ、アンドロマケ、ヘレネがそれぞれ己の窮状を告げ、アステュアナクスの処刑で悲劇の頂点に達します。

この地獄絵図はプロロゴスのポセイドンの独白（一〜四七）とそれに続くポセイドン、アテナ両神の対話部分（四八〜九七）を繋ぐもの、すなわちポセイドンの敗北宣言を実証するもの、またアテナ女神の怒りを間接的に証明するもの、そしてあのポセイドンの恐ろしい予言を呼び出すもの、と言ってよいのです。敗者の悲惨な状況を証拠として上げて、神は勝者に奢るなかれと警告を発するのです。前四一五年春にこうしたプロロゴスを設定して劇を書いた作者エウリピデスの意図は那辺にあるのでしょうか？

2　悲劇の実態

敗戦後トロイアの女たちは勝利者の奴隷となります。伝令のタルテュビオスがその割当先を通告します。ちなみにギリシア軍の本体は背後に不気味に控えていて一切姿を見せません（わずかにメネラオスがヘレネとの絡みで顔を見せるだけです）。タルテュビオスが文字通り窓口です。

1　王妃ヘカベはオデュッセウスの許へ。

2　王女カサンドラはアガメムノン王の許へ。

予言能力を持つカサンドラは自分の未来を以下のように予言します。

かのギリシアにその名をあまねく知られたアガメムノン王も／このわたくしを娶れば、ヘレネの場合より厄介な嫁取りをすることになりましょう。／というのは、わたくしは彼を殺すつもりだからです。これまでのお返しに一家をめちゃくちゃにしてあげて、／お兄さまたち（ヘクトルほか）またお父さま（プリアモス）の仇討ちをしてあげようというつもりでいるからです。（三五七〜三六〇）

お母さま（ヘカベ）、ではさようなら、どうかお泣きにならないで。ああ、愛しの祖国よ、／地下に眠る兄弟、またわたしらを生みたもうたお父さま、／まもなくわたくしもお仲間に入れてもらいます。われらを滅ぼした／アトレウスの裔《すえ》の家を打ち毀《こぼ》ち、勝利を得て死者の国へ凱旋いたしましょう。（四五八〜四六一）

ちなみに彼女はギリシアに着いたその日に、クリュタイメストラの手でアガメムノンともども惨殺されます。

3　ヘクトルの妻アンドロマケはアキレウスの息子ネオプトレモスの許へ。アキレウスの霊に生贄にされたポリュクセネを羨むアンドロマケにヘカベが言います。

いや、おまえ、生きるのと死ぬのとは同じではありませんよ。／死んでしまえばお終いだけど、生きておれば、希望も湧いて来ようというもの。

（六三二〜六三三）

アンドロマケ　〈……〉でもいまはもうそのあなた（ヘクトル）はいない、そしてわたしは負け戦の犠牲となり、／海を渡ってギリシアの国へ奴隷奉公に行く身の上。

（六七七〜六七八）

あなた（ヘカベ）は、ポリュクセネの不幸を嘆いていらっしゃいますが、／そのほうがいまのわたくしの不幸よりも、まだましだとはお思いにならないでしょうか。／だって、人間には誰にでもある希望というものが、いまのわたくしには／もう残されてはいないのですもの。

（六七九〜六八二）

4　伝令タルテュビオス、ヘクトルの遺児アステュアナクスの処刑を通告。

オデュッセウス殿がギリシア軍の集会でそう（処刑を）主張し、そう決まったのだ。（七二一）

トロイアの城の櫓から突き落とせということだ。（七二五）

アンドロマケ　〈……〉おお、蛮族《えびす》にこそふさわしいひどいことを考え出したギリシア人よ、／何の罪咎あってこの子を殺すのです。（七六四～七六五）

5　パリスと駆け落ちしたヘレネの場合。

ヘレネ　〈……〉そもそも今のこの数々の禍の原因は、この女（ヘカベ）がパリスを／生んだことにあるのです。さらにトロイアの市と／このわたくしとを滅ぼした原因と言えば、かの老王（プリアモス）が不吉な松明の姿に見えたパリス、／当時はアレクサンドロスと呼ばれていた彼を、赤子のうちに殺しておかなかったことにあるのです。

（九一九～九二二）

ねえ旦那（メネラオス）さま、どうしてまたわたくしが死なねばなりませぬ。／〈1行欠〉／謂《い》われもないのにあなたの手にかかって。わたくし、無理やりあの男（パリス）の妻にさせられ、／連れて来られたこちらの家での扱いは、輝かしい戦利品ではありません、／ただもう辛い奴隷奉公だったのです。

（九六一～九六四）

ヘカベ　〈……〉うちの息子はたしかに衆にすぐれた美貌の持主でした。／だが、あの子を見たそなた（ヘレネ）の心がキュプリスとなってしまったのです。／女神アプロディテは人間にとってあらゆる愚行の代名詞。／そもそも名前からしてまさに阿呆（アプロシュネー）のアで始まっています。

（九八七～九九〇）

無反省、無責任のヘレネの厚かましい姿が明白です。

3　受難から告発へ

タルテュビオスが兵士らとともに、アステュアナクスの死骸を亡き父ヘクトルの楯に乗せて登場してきます。

ヘカベ　〈……〉ああ、あれほどいっぱい抱いてやったのに、ご飯もたべさせ／添い寝もしたのに、それもみんな夢の彼方に消えてしもうた。／おまえの墓に詩人はいったい何と書きつけようか、／「そのむかしギリシアの武士《もののふ》ら、この子を恐れるあまり殺戮せり」／とでも？　ギリシアにとってはいい恥さらしの文句じゃ。（一一八七〜一一九一）

さあお別れじゃ、この亡骸《むくろ》、形だけの墓でよい、葬ってやっておくれ。／あの世で必要なだけの飾りはもうすませたのだから。／思うにお葬いを金銭《かね》かけて盛大にしてもらったところで、／死んだ者には何の意味もないこと、／そんなのは生きている者の空しい虚栄にすぎぬ。（一二四六〜一二五〇）

ここには人間の尊厳に関する問題が提起されています。アステュアナクスの処刑は、絶望と忍従に終始したこれまでの受動的な心情を一挙に激しくかつ鋭い弾劾と告発に変えます。しかしそれを声高に主張し、行動に移すだけの気力は、もはや彼女にはありません。人生の最終時点で己の無惨な状況に絶望したヘカベは、燃えくすぶっている火の中へ飛び込もうとしますが、タルテュビオスに引き留められます。

4　時代を撃つ

作者エウリピデスは以下のように書いて、この劇を閉じます。

ヘカベ　イオー、神々のお社、愛しき都よ、
合唱隊　エ、エ、
ヘカベ　おまえたちは殺戮の火焔と槍の穂先の洗礼を受けたのだ。
合唱隊　ほどなく愛しき大地に還って忘れ去られて行きましょう。
ヘカベ　煙さながら天に舞い上がる塵泥《ちりひじ》が／この目をさえぎり、わが館をばやがて見えなくさせてしまうだろう。
合唱隊　この国の名も忘れ去られて行きましょう。／何もかも至るところで滅びて行き、

／あれトロイアは、もはや無くなってしまいました。

ヘカベ　おまえたち、わかったか、聞こえたか。

合唱隊　　　　　　　　　あれはお城が崩れる音。

ヘカベ　何もかもが揺れ動く

合唱隊　　　　　市《まち》じゅうが崩され落ちて行く。

ヘカベ　イオー、イオー、揺れ震えるこの四肢よ、／さあ連れて行っておくれ。／惨めな奴隷奉公の暮らしへと。

合唱隊　イオー、哀れな市よ、／だが仕方ない、ギリシアの船へとおのれの足を向けるのだ。

（一三一七〜一三三二）

トゥキュディデスは――繰り返します――事実だけを淡々と書いて「メロス島談判」の章を閉じています。

攻城戦はここに至って激烈となり、またメロス内部からの裏切り行為も生ずるに及んで、籠城勢はついに、アテナイ側の意向に市民の処置一さいを委ねるという条件で、自発的に降伏を申し入れた。アテナイ人は逮捕されたメロス人成年男子全員を死刑に処し、婦女子供らを奴隷にした。後日アテナイ人は自国からの植民五百名を派遣して、メロスに植民地を築いた。

韻文のシナリオは饒舌です。そして観る者の心を揺すぶります。散文の史書は寡言です。しかし読む者の心にひびきます。

第7章

あかんたれ――エウリピデス『オレステス』(前四〇八年上演)

1　二つの危機

オレステスは非業の死を遂げた父親アガメムノンの仇討ちをします。そのために二つの危機に陥ります。①魂の危機、②生命の危機です。

①魂の危機とは何か?　父を殺したのは母でした。そのため仇討ちは母親殺害となりました。仇討ちはアルゴス王家の王権と財産を護るために旧来の力の正義を施行するものであり――しかもアポロン神に命じられての行為でもありましたが、母親殺害はオレステスの心に強い罪の意識を生ぜしめずにはおきませんでした。

②生命の危機とは？　母親殺害に対する市民の反発と殺人罪の追及です。力の正義の行使は、すでに市民社会の受け入れるところとなっていなかったのです。力の正義の行使は――それは母親殺害をも伴うものであったのですが――世間から賞讃を受けると思いきや、市民は父の仇討ちよりも母親殺害を重視し、その罪の重さを追求したのです。今日にでもオレステスは市民裁判の場で有罪（死刑）判決を受ける恐れがあるのです。

以上の二つの危機からいかにして逃れるか、それがこの劇の展開の軸となります。あらかじめ劇の粗筋を見ておきましょう。

［劇の粗筋］

アポロン神の命令で父アガメムノンの復讐を遂げたオレステスでしたが、復讐の相手が実母のクリュタイメストラであったがために心理的葛藤――罪の意識――に悩み、狂気の発作を起こして、いま病の床にあります。それを姉のエレクトラが看病しています。折よく父の弟メネラオスがトロイアから帰国してきます。オレステスはそのメネラオスに生命の危機を救ってくれと助命嘆願をしますが、メネラオスは保身に走って躊躇します。そこへ登場した祖父テュンダレオス（スパルタ王。クリュタイメストラの父）もオレステスの母親殺しを非難し、市民裁判の場で死刑判決が出るように画策します。一方母親殺害に協力した盟友ピュラデスは事態打開のためにヘレネ殺害を提案し、姉エレクトラも含めた三人はメネラオスとヘレネの娘ヘルミオネを人質にして館に籠城します。一触即発となったところへアポロン神が機械仕掛けの神（デウス・エクス・マキナ）として登場し、事態の処理に当たります。オレステスは死刑を免れ、「生命の危機」は回避されます。しかし「魂の危機」は残り続けます。

2　魂の危機

劇の冒頭、オレステスは舞台正面に引き出されたベッドに横たわっています。トロイアから帰国したメネラオスはやつれ果てたオレステスと対面します。

メネラオス　どんな目に遭っている？　どんな病毒だ、おまえを苦しめるのは？
オレステス　大それたことを犯《や》ったということを知っている、この意識《シュネシス》。
メネラオス　何だって？　はっきりしたことを言うのが賢明というものだぞ。曖昧な言い草はまやかしに過ぎん。

オレステス　とりわけこの身を責めるのは胸の苦しみ《リューペー》。

メネラオス　その神さまなら、恐ろしいけれども宥められないことはない。

オレステス　そして狂気《マニアイ》、母の血の怨みの。

（三九五〜四〇〇）

オレステスは父親を殺した者に復讐をしました。旧来の力の正義の行使です。しかし復讐の相手は母親でした。復讐は母親殺害でした。尊属殺人につきものの三人の復讐神エリニュスが早速登場し、オレステスを苦しめます。事は力の正義の行使だけには終わらないのです。あらたな殺人罪が生じます。五〇年前、アイスキュロスは母殺しの罪を背負ったオレステスをアテナイの法廷に立たせ、法的処置を施して無罪放免としました（アイスキュロス『オレステイア』三部作、前四五八年上演）。その際アイスキュロスは母親殺害の罪についてオレステスの心中にまでは踏み込みませんでした。エウリピデスは同じ状況下にあるオレステスの心中の罪の意識を問題視しようとします。自分を苦しめるのは「大それたことを犯ったということを知っている、この意識《シュネシス》」とオレステスに言わせています。この自意識《シュネシス》こそがオレステスの心をさいなみ、そして以後も彼の心を苛み続けるもの、いわば魂の危機なのです。それがどういうものか誰にもわからぬ——メネラオスもそう漏らしています（三九七行）——、じっさいに手を下したオレステスにだけしかわからぬものなのです。

エリニュスたちの襲撃については、オレステスはこう言います。

オレステス　ああ、この迫害。彼女（エリニュス）たちに追い廻される惨めなこの身。
メネラオス　ひどいことを仕出かした者がその報いを受けるのは当然だ。
オレステス　でも、この惨めなぼくたちにも救いはありません。
メネラオス　「死ぬ」なんてことは言うなよ。そいつは利口なやり方ではないぞ。
オレステス　ポイボス（＝アポロン）さまです。あの方が母親を殺せと命じたんですから。

（四一二～四一六）

オレステスは、母親殺害によって心中に生じたエリニュス（復讐神）たちつまり罪の追及者からの解放はアポロン神によって可能であると思っているかに見えます。それは可能であるかもしれません。しかしシュネシスはどうでしょうか。

シュネシスという「意識」はアポロン神がオレステスに賦与したものではありません。母を殺めたその瞬間にオレステスの心に芽生えた人間オレステスの意識です。その解消は神の手にあるのではない、オレステスの心にあるのです。それからの救済はアポロン神には難しいのではありますまいか？

3　生命の危機

せっかく父親の仇討ちをしたのに、オレステスは市民から総スカンを食らい、生命の存続も難しい状況にあります。

オレステス　今日、ぼくたちに対して投票が行われることになっているのです。
メネラオス　この市から追放しようというのか？　それとも死刑か否かを決めようとでも。
オレステス　市民らに投石の刑を受けて死ぬようにと。
メネラオス　それなのにおまえはこの土地から逃げ出さないのか？　国境を越えて。
オレステス　と言われても、ぼくたちは武装した兵士らに完全に包囲されているのです。

投石の刑とは多くの市民が石を投げつけ、石で埋めてしまう刑です。それを回避するのに頼れる者は叔父のメネラオスしかおりません。（四四〇～四四四）

オレステス　この不幸を逃れるにはあなたが頼りなんです。／さあ、幸運を背負って帰っておいでになったのです。／苦境に陥っているあなたの身内の者に、その幸運を分けてください。／利益を受けるだけじゃいけません。／そのお返しに骨折りの方も引き受けるべきです。／父上から受けた恩恵を返すべきものに返してください。／逆境の際に親身でない人間は、友人とは名ばかり、／実のない友人ですよ。（四四八～四五五）

しかしメネラオスは、ちょうど来合わせたスパルタ王であり妻ヘレネの父親でもあるテュンダレオスの恫喝めいた警告にあおられて、オレステス救済に二の足を踏みます。

テュンダレオス　〈……〉メネラオス殿、よく弁えていてもらいたいのじゃが、／こいつ（オレステス）を助けようなどと考えて、神さま方に背くようなことはするでないぞ。／石打ちの刑によって市民たちに殺されるままにしておけ。／それが嫌なら、スパルタの地へ足を踏み入れてもらうまい。（五三四～五三七）

メネラオスは震えあがります。追いかけるようにオレステスが言います、「ただ、あなたはぼくの父に世話を受けたんですから、その受けた分をお返ししていただきたいのです。／いや、財宝《かね》のことを言ってるんじゃありません。もしぼくの命を救ってくださるならば、／それがぼくの持物の中でいちばん大切な財宝を救ってくれたことになるんです」（六四三～六四五）と。

メネラオスの逃げ足は速い――彼はこう言います、「いまのわたしは、友軍の援助を得ることもならずに／諸方を彷徨《さまよ》って数知れぬ苦労を嘗めたあげく、配下の者のうち生き残ったわずかばかりの手勢を引き連れて、／やっとのこと帰り着いたばかりというありさまだ。／だから、槍を構えてはペラスゴス・アルゴスを打ち破ることなど、／とうていできぬ相談だ。／だが穏やかに話し合えばうまくゆくかもしれん。／とすれば、そこに望みを託せる余地があろう」（六八八～六九二）。「だからひとつ出掛けて行って、テュンダレオス殿と市民たちに／

気持ちを和らげるよう説得してみよう」（七〇四〜七〇五）、「とにかく、いまの場合は仕方がない、／賢い者なら時の運に逆らわぬことだ」（七一五〜七一六）。

オレステスが生命の危機から脱出するために救いを求めたのは叔父メネラオスとの血縁関係「ピリア」です。トロイア戦争で父アガメムノン――メネラオスの兄――に世話になったメネラオスに、その恩義を返せと迫ったのです。しかしメネラオスはその要求に応えませんでした。血縁関係に基づく連帯意識「ピリア」は簡単に打ち捨てられてしまいます。代わって登場するのは利害を共にする同士意識です。これも「ピリア」と言われます。

4　同士意識「ピリア」

市民裁判の場でオレステスの母親殺害は死刑と採決されます。絶望するオレステスに、ピュラデスがヘレネ殺害を提案し、ヘレネとメネラオスの娘ヘルミオネを人質にしてオレステス、ピュラデス、エレクトラの三人は館に籠城します。生き残るための武装蜂起です。かくしてオレステスとピュラデスは利害を共にする同士となります。

オレステス　〈……〉そうさ、君はアイギストスをやっつける方法を見つけてくれたし、／終始ぼくと一緒に危険をともにしてくれたんだ。／その上いままた、ぼくに敵どもへ復讐する手段《てだて》を与えてくれ、／しかも一緒にやろうと言ってくれる。

（一一五八〜一一六二）

ここには血縁とは無関係の利害得失が一致する共犯者意識、連帯感情があります。メネラオスは妻の父テュンダレオスからスパルタの王権の継承を脅かされており、オレステスを救うかスパルタの王権継承かの二者択一を迫られます。さらにメネラオスとオレステスとの間にはアルゴスの支配をめぐる対立も読み取れます。メネラオスはけっきょくオレステスを捨て二人の間の「ピリア」は破れますが、しかしそれは必ずしもメネラオスの性情の卑劣さのみによるものではありません。利害の一致しない二人にはしょせん「ピリア」は成立しないということに過ぎません。オレステスが血縁による恩恵を要求すること自体がないものねだりであったのです。メネラオスは生きるために自らの利害意識に従って自らの行動を選択しただけのことです。ここには血縁関係が介在することを拒否する新しい人間関係、利害に基づく連帯関係、党派心ともいうべきもの、その誕生が見られます。

トゥキュディデスに拠れば「（党派心というものは）既存の法に支えられずに、掟に違反して利欲によって成立していた」（『歴史』第三巻八二章、藤縄謙三訳）ゆえに、「進んで決然と大胆なことを敢行するようになったため、その結束が強化し、血縁の絆の方は疎遠なものとなった」（同上）のです。

オレステスがメネラオスとの血縁関係に頼った生命の危機からの脱出は失敗しました。生きるためにはピュラデスとの新しい「ピリア」、同士意識、連帯感に頼らざるを得ません。この同士意識に基づく党派が他の党派に向かうとき、その行為は苛烈を極めます。弱弱しい嘆願者であったオレステスは、ピュラデスとの連帯によって変貌します。敵メネラオスへの復讐に燃えたその姿は、プリュギア人の奴隷によって「獅子」とも「猪」とも形容されますが、それは「大それたことを犯ったということを知っている、このシュネシス」（三九六行）と言ったあのオレステスと極めて対照的な姿を示しています。「あかんたれ」はいつのまにか「あくたれ」に変貌したのです。

5　アポロンの仲裁

館に籠城したオレステスは、変事を聞いて駆け付けたメネラオスの目の前で、館に火を放とうとします。そのときアポロン神が時の氏神よろしく登場し、錯綜した事件の解決を図ります。アポロン神はそれぞれの人物の行く末を予言します。

まずオレステスについては、死刑判決を下した市当局との和解を取り持ち、生命を救うことを告げ、また籠城の際に人質にしたヘルミオネを妻に迎えよと、さらにこのあとアテナイの法廷で母親殺害の裁判を受け、勝利することになろうと告げます。

ピュラデスとエレクトラについてはこの後の二人の結婚を予知します。

メネラオスについては、スパルタへ帰って、天上へ昇ったヘレネに代わる妻を新たに求めよと告げます。

劇の冒頭で、オレステスは二つの危機にさらされているというのが、われわれの見立てでした。魂の危機と生命の危機です。オレステスは魂の危機からの救出をアポロン神に、生命の危機からの救出をメネラオスに想定しました。メネラオスは自己の功利的理由から、オレステスの救出を早々に断念し放棄しました。オレステスを死の淵から救出したのはアポロンです。

市当局とこの者（オレステス）との和解は、わたし（アポロン）がうまく取り計らおう。／母親殺害を彼に強要したのはこのわたしだからな。　（一六六四～一六六五）

では「魂の危機」からの救出はどうなるのでしょうか？　アポロンは言います、

そこ（パラシア）を発って、次におまえはアテナイへ行き、／三人の慈しみの女神（＝エリニュス変じてエウメニデス）たちの前で母親殺しに穢れた血の裁きを受けるのだ。／その折、神々は裁判官としてアレイオス・パゴス（＝アレスの丘）で神聖なる裁定をお下しになろう。／そこでおまえは勝つはずだ。　（一六四八～一六五二）

母親殺害後に取り付いた復讐神エリニュスたちは、これで解消しそうです。だが、シュネシスはどうでしょうか？　あの罪の意識は心中から消え去るでしょうか？　オレステスがシュネシスを口にしたとき（三九六行）、メネラオスにはそれが想像できませんでした、「なんだって？　はっきりしたことを言うのが賢明というものだ。曖昧な言い草はまやかしだぞ」（三九七行）と返していますから。シュネシスは死んだ母親から送られてきたエリニュスとは違うのです。自分の手で自分の母親を殺めたオレステスだけに生じる自意識であり、メネラオスはもちろんアポロン神にも理解できないものなのです。したがってシュネシスの解消をアポロン神に想定したこと自体、オレステスのないものねだりであったのです。

さて、オレステスはどうするでしょうか？　いえ、どうするべきでしょうか？　アテナイの法廷での裁定をこのままじっと待つべきでしょうか？　しばらく待ったのち、しかし法廷でもしも救われたとしても、それはエリニュスたちの追及からの救済だけです。シュネシスの痛みからの救済ではありません。

いっそ彼は神アポロンの優柔不断に見切りをつけて自分なりの行動に出るのでしょうか？「あかんたれ」を卒業し、籠城の折に見せた「あくたれ」ぶりを、ピュラデスが引退した後も続けるのでしょうか？

同じエウリピデスに『アンドロマケ』という劇があります。前四二〇年代後半の上演と想定されているものです。上演年代は前後しますが、話の筋からいえば、これは本篇『オレステス』の後日談となる話です。オレステスが、父メネラオスの自分勝手な理由でネオプトレモス（アキレウスの息子）に嫁入りさせられていたヘルミオネを嫁ぎ先まで押しかけて行って奪い取り、ついでに亭主のネオプトレモスも殺害して出奔するというものです。「あかんたれ」があっぱれ「あくたれ」に成り代わって暴れています。

『オレステス』と『アンドロマケ』を上演年代の後先を無視して繋ぐのは危険です。ただ作者エウリピデスはオレステスという人物像に無頼派旗揚げの可能性を見ていた、とは言えるのではありますまいか。これは単なる予想です。エウリピデスは『オレステス』上演後二年でこの世を去りました。無頼派誕生の夢は実現しませんでした。

第8章　タガをはずす――エウリピデス『バッコス教の信女たち』（前四〇五年上演）

1　襲来

襲来した――何が、新興宗教が。

ギリシア中部の都市テバイにアジア生まれの新興宗教バッコス教が到来しました。その教義は王族から広く一般市民まで――ことに女性たちの間に行きわたり、国中に混乱をもたらしました。女性たちだけではない、国の知を代表する予言者テイレシアス、国の統治の中心であった前の王カドモスもこの宗教を受け入れようと考えて、キタイロンの山中で催される行事に参加を表明します。若き王ペンテウスは新宗教の布教活動を自らの政治行政への挑戦と見倣して排斥を試みます。政治と宗教との対立はどのように展開するのでしょうか？　まず劇のあらましを見ておきましょう。

［劇の粗筋］

新興宗教バッコス（＝ディオニュソス）教がアジアからギリシアのテバイへ襲来します。バッコス（＝ディオニュソス）神が人間の若者に姿を変え、教団長として信女らを率いています。テバイの王ペンテウスは布教活動が国家秩序の混乱を来すのではないかと危惧して、その活動を禁止し弾圧します。しかし母親のアガウエをはじめ国内の女性らはすべてこれに入信し、祖父で前王のカドモス、予言者テイレシアスまでも受け入れに賛成します。王ペンテウスと教団長ディオニュソスは対立し、闘争を重ねますが、最後ペンテウスはディオニュソスにかどわかされるかたちでキタイロン山中での信女たちが催す祭礼に出向き、狂乱の極に達した母アガウエの手に掛かって無惨な死を遂げます。狂気から覚めたアガウエは自らの行為に驚き、悔恨の念と神への非難を口にします。

2　混乱の始まり

ディオニュソスはゼウスとセメレ（カドモスの娘）との子です。しかしカドモス一族の者ら――アガウエらセメレの姉妹たち――はこれを認めようとしませんでした。これを不服とするディオニュソスはカドモス一族に復讐を試みます。

ディオニュソス　〈……〉カドモス一族の者は、女であるかぎりは全員／気を狂わせて家から飛び出させてやった。（三五～三六）

〈……〉

この町はよく知る必要がある、たとえ望まぬともな、／わがバッコス教の狂乱には終わりがないということをだ。／それにわたしが　ゼウスから生まれた神であることを／人間どもに明らかにして、母上セメレへの非難を払い除けねばならぬ。（三九～四二）

ところがこの男（＝ペンテウス）、わたしが有する神性にたいして抗い、／灌奠《かんてん》からわたしを遠ざけ、祈りを捧げることも無視するありさま。／そこでわたしは彼とテバイの人間全員にわたしが神であることを／見せつけてやろうと思う。ここでの仕事を首尾よく終えれば／また別の土地へ足を向け、わが本体を／知らしめてやる。

（四五〜五〇）

教義は明らかにされませんが、その活動の実態（の一部）が以下です。

喜ばしさ、山中で／激しい狂乱の群れから／地上に倒れ伏すときの。小鹿の皮の／聖なる衣を身にまとい、殺した山羊の／血を焦がれ吸い、生肉を喰らう嬉しさ。

（一三五〜一三九）

狂乱のうちに動物を生きながら引き裂き《スパラグモス》、それを生食い《オーモパギアー》すること、とされています。すなわち狂乱状態――理性の対極に陥ること――これがこの新しい宗教の実態を特徴づけるものなのです。

3　孤独な対決者

テバイ王ペンテウスは直情径行の若者と見なされやすいのですが、果たしてそうでしょうか。思いもよらぬ新興宗教の襲来が国政を預かる身に大いなる不安と驚きと怒りをもたらしたことは想像に難くありません。同時に彼には底知れぬ喪失感もあったのではないでしょうか。周囲の者——母親をはじめとする国内の女性たち、前国王として国を率いていた祖父、さらには国の知性を代表する予言者までもが離れていく、その喪失感、孤独感が彼の心を苛《さいな》み孤立せしめたのではありますまいか。

それもあってか、彼は新来の宗教の教団長と事あるごとに対立し、相争い、布教を容認しようとはしません。

① ペンテウス——新宗教を邪教と断じ、布教を禁じ、秩序の混乱を恐れ、伝道者ディオニュソスの逮捕監禁を策す。

聞いた話では誰かよそ者が入り込んで来た、／リュディアの地からやって来た幻術使い、魔法使いということだ。／金髪の巻毛の頭は馥郁《ふくいく》たる香に満ち、／頬は葡萄酒色で、眼は愛欲の歓びを宿している。／これが昼夜分かたずバッコスの秘儀を催して／若い娘らと交わっていると。／もしこやつをわが国内で捕らえたら、／霊杖を打ち鳴らし髪の毛を揺することを／止めさせてやる、首を胴体から切り離してな。（二三三～二四一）

②予言者テイレシアス――新宗教を受容。

彼は賢者です。しかしこの世には己の知を越える存在があること、知の運用を誤れば過誤を犯すこと、すなわち人間の知には限界があることを認識しているゆえに、人間の知を越えるものと考えられるこの新宗教を受け入れるのです。

③前王カドモス――受容。ただしその理由は便宜主義的、功利主義的です。

たとえこのお方が、おまえの言うように、真実神でないとしても、／まあそうであるとしておいたらどうだ。嘘でよい、／セメレの子だとしておけ。すると彼女は神さまを産んだことになり、／われら一族全体に箔が付くことになる。（三三三〜三三六）

ペンテウスは真面目人間です。彼にとっては新宗教とその布教活動は国家と社会秩序への破壊活動に他なりません。若さの故か、テイレシアスの深遠な考えには思い及びませんし、またカドモスの功利主義を認めるだけの老獪さも持ち合わせません。そのペンテウスを指して合唱隊（アジアからディオニュソスについて来た信女たち）が言います、「賢《ト・ソポン》いというのは知恵《ソピア》ではない」（三九五）と。これはどういう意味でしょう？

以下のように読み解けばよいのではないでしょうか。

「ト・ソポン（中性形名詞）――人間が知と呼ぶもの――は学問的で知に人工的な性質を付与する言葉であるのに対し、ソピア（女性形名詞）は、人間が批判的精神を捨て去ったときに見出す知を意味する、生き生きとした実り豊かな知を表すのに適している」（A・ボナール）と。

4　怒るペンテウス

新宗教の布教活動に怒ったペンテウスは、部下に命じて教団長（人間に姿を変えたディオニュソス）を逮捕し、牢獄に閉じ込めます。

ペンテウス　そいつ（教団長）の手を自由にしてやれ。わが手の内に入ったのだ、／いくらすばしこくてもおれの手から逃れることはできぬ。（四五一～四五二）

ディオニュソス　わたしを縛めてはならぬ――知者のわたしが無知なおまえ（ペンテウスの従者）に言っておく。

ペンテウス　おれが縛れと言っているのだ、おまえよりも力の強いおれが。

ディオニュソス　あなたはわかっておられない、自分がどう生きているのか、何をしているのか、また自分が何者なのか。

ペンテウス　おれはペンテウスだ、アガウエの子で、父はエキオン。（五〇四～五〇七）

神が地震を起こします。その地震で教団長は牢を抜け出します。これがまたペンテウスを怒らせます。

ペンテウス　恐ろしい目に遭った。あのよそ者め、逃げ出しよった、／さっきまで縄目にかけて閉じ込めておいたのに。／おや、／あの男ではないか。これはどうしたことだ。なぜまたおまえは／わが館の前にいるのだ、外へ歩いて出たというのか？

ディオニュソス　止まりなさい。怒りを静められるがよろしい。

ペンテウス　いったいどうしておまえは縛めを抜けて外へ出て来たのだ？

ディオニュソス　言ったはずだが、聞いておられなかったかな、わたしには身を自由にしてくれる人がいると。

（六四二〜六四九）

そこへ使者（山を住処とする羊飼）が登場し、キタイロン山中での母親アガウエ以下の信女らの生態——牛を素手で捕まえて四肢を引き裂き、麓の村を襲って手あたり次第ひっくり返し、子供を拉致し、物品を奪う等々——を報告します。これがまたペンテウスの怒りを掻き立て山狩りを決意させます。

信女らの狼藉《ろうぜき》ぶりはすでに火のごとく燃え上がり、／すぐ近くまで迫っている。ギリシアにとっては大いなる恥辱だ。／だがぐずぐずしている場合ではない。エレクトライ門へ駆けつけろ。／命令を伝えろ、楯持ちの兵ら全員、／駿馬駆る騎兵全員、／それに小楯を振るう兵、また弓弦《ゆみづる》を手で弾《はじ》く者ら／全員に集結するようにと、バッコスの信女らとわれら／一戦を交えるのだとな。
（七七八～七八五）

5　忍び寄るディオニュソス

このとき教団長ディオニュソスがとつぜんペンテウスに語り掛けます。

ディオニュソス　あなたは彼女らが山で集っている様子をごらんになりたいとは思われませぬか？

ペンテウス　ぜひとも、たとえ千貫万貫の黄金を積んでも。

ディオニュソス　そこまで強い思いに駆られるのはなぜです？
ペンテウス　女の酔い痴れた姿を見るのはちょっと、とは思うんだがな。
ディオニュソス　それでも辛いもの見たさに見たいとおっしゃる？
（八一一～八一五）
ディオニュソス　ではお連れしましょう。出発してよろしいのですね？
ペンテウス　大急ぎで連れて行ってくれ。遅れると恨むぞ。
ディオニュソス　では亜麻の衣を身にまとってください。
ペンテウス　それはいったいなぜだ？　おれは男をやめて女になるのか？
（八一九～八二二）
ディオニュソス　わたしがお館の中に入ってあなたに着せて差し上げます。
ペンテウス　どんな着物だ？　ほんとうに女物を着るのか？　恥ずかしいな。
（八二七～八二八）
ディオニュソス　館の中へ入りましょう。
ペンテウス　よく考えて計画を巡らそう。

ディオニュソス　どうぞご随意に。こちらは準備万端整っています。
ペンテウス　では入ろう。武装して出陣するか、
　それともおまえの話に乗ることになるか、だな。（ペンテウス、館内へ）
ディオニュソス　女たちよ、男が網に掛かったぞ。　（八四三〜八四八）

ペンテウスは武具を捨て女物の着物を着て山へ行きます。彼が山へ行くことを決心したのは、彼の自発的意思なのか、教団長ディオニュソスにたぶらかされてのことなのでしょうか？　これが問題です。

ペンテウスは山間での信女たちの生態を見たくないかと問いかけられ、「見たい」と答えます。そのためには女衣をまとうことが必要であると言われ、不本意ながらも承諾します。とにかく彼は「千貫万貫を積んでも」（八一二）行きたいのです。「大急ぎで連れて行ってくれ」（八二〇）と言います。一方ディオニュソスは「女たちよ、男が網に掛かったぞ」（八四八）と言います。

ディオニュソスがペンテウスをたぶらかして周到に用意した網に絡めとったのは一半の事実でしょう。一方またペンテウスはペンテウスで「自分の意志」で山行きを選び、女衣を身

に着けたとも考えられるのです。

いずれにせよ、ここで二人の対立関係は決定的に転換します。ディオニュソスの主導権が確立します。性欲も含めたさまざまな欲望、理性によって制御され得ない混沌とした原初的また本能的な力、人間すべてが無意識のうちに心中に秘匿《ひとく》しているもの――これをディオニュソス的なものと名づけてもよい――それが女衣を身に纏うこと、山中の信女たちのところへ赴くことを決心させたのです。

武具から女衣へとペンテウスは身なりを変えます。これは彼の心に生じた原初的なものの蜂起です。新来の宗教に入信した信女たちには力で対処すること（山狩り）はできます。しかし自らの心中に生じた力に対しては為すすべがないのです。だから山へ行くのです。

6　二度の死

ペンテウスは二度死にます。一度は武具の代わりに女衣を身に着《つ》け女装することによって。これは精神的な死です。これまでの彼の存在は消失します。二度目は母親アガウエの手に掛かって死ぬ肉体的な死です。

新興宗教団の襲来と布教活動はテバイを襲った社会現象であり、これを阻止しようとする国王ペンテウスと教団長ディオニュソスは激しく対立します。ペンテウスは武力による掃討をやめ、単身女衣をまとってキタイロン山へ赴きます。女衣はペンテウスの中のディオニュソス的なもの、すなわち理性に対する非理性的なものの象徴に他なりません。ペンテウスは女衣に袖を通すことで自らの精神的世界を閉じます。ペンテウスの自己否定です。

彼はもう一度否定されます。肉体的な死によってです。テバイという一つの共同体が自らの蹉跌――能動的な蹉跌（そんなものがあるとすれば）――によって滅びていきます。逆に言えば、それは非ギリシア的なものの勝利です。

この世には人間の理性ではどうにもならないものがあります。エウリピデスは『メディア』において「激情《テューモス》」、『ヒッポリュトス』で「愛欲《エロス》」など人間の知性を凌駕する破壊的な力を描いていますが、本篇もまた同様の非理性的な力の強さを描いています。賢しらな人知（ト・ソポン）はディオニュソスの根源的な力の前に滅びてゆかねばならぬとする本篇の告げるところは、上記の『メデイア』、『ヒッポリュトス』に見られた理性と感性の相克と同一線上にあるといえます。

しかしこうしたことは人間に不変の真理を提示するだけにとどまらず、より広く自らをも含めた祖国アテナイの知的状況に対する苦い確認と反省——アテナイには、ギリシア世界には結局ソピアはなかったという——そのことの証でもあるのではないでしょうか。

7　タガがはずれる、タガをはずす

武装して山狩りをするか、女物の着物を着てキタイロン山に赴くか、それが一つの分岐点になります。そしてペンテウスは館内で着替えをし、女衣をまとって出てきます。ディオニユソスが「正気のタガがはずれると（女物の着物を）着るだろう」（八五三）といったとおりです。信女らの山中での生態を見たい思いがつのって「正気のタガ」がはずれたのか、いやそれとも自らはずしたのでしょうか？

タガとは、日常生活を送るうえでの決まりであったり、公人——たとえば共同体を統率する地位——としての生活様式、生活習慣であったり、従来信奉してきた思考様式であったり、家長としての責任感であったり、いろいろです。そうしたものを一挙に崩壊させせたり忘却せしむる蠱惑的《こわくてき》な薬物（めいたもの）があります。それが時として人の心に忍び寄ります。その刹那的でありながら甘露にして執拗な力の前では正気のタガがはずれるのも、はずすのもどちらでも同じことかもしれません。ペンテウスは武具を捨てて女衣をまとうのは己の自由意志に従ってのことだと言うでしょう。理性の枠では捉えきれないものを追い求めようとするのは己の意志だと言うでしょう。「ペンテウス殿、見るべきでないものを見たいと望み、／追い求めるべきではないものを追い求める方、あなた、／さあ館の前に出て来て下さい、姿を見せてください」（九一二〜九一四）と教団長ディオニュソスがいみじくも言っています。

ペンテウスは教団長ディオニュソスにかどわかされつつ、しかし自らの意志に殉じて行動しているのです。

ペンテウスは理性だけでは計りきれないもの――たとえば美とか愛とかに殉じるという、別の一つの生き方を提示しようとしたのではありますまいか。キタイロンの山へ行くのはその「別の一つの生き方」を求める行動なのではありますまいか。

ポーランド生まれの美少年と別れがたく思うがために、病魔渦巻く魔の水都にとどまり続けることを選んだ――すなわち「正気のタガ」が外れた、いや、自らはずしたあの男アッシエンバッハのように。あの男が滞留を自ら進んで望んだその一点に近代的自我の発露を認めてわれわれは納得するのですが、二千四百余年前には近代的自我なんて便利な言葉はありませんでした。

あとがき

本書は「ギリシア悲劇勉強会」（劇団「清流劇場」主宰）からの報告（その2）です。

お読みいただいた八篇のなかにはちょっと毛色の変わったものがありました。第3章の『キュクロプス』と第4章の『アンドロメダ』です。前者はサテュロス劇です。

サテュロス劇というのは、本文中で述べておいたとおり、サテュロスというギリシア神話に登場する山野の精が合唱隊を務める短い笑劇で、朝から続いた悲劇三篇の上演の最後に置かれてそれまでの重苦しい気分の口直し的役割をするものです。その中でも『キュクロプス』は完全な形で残る唯一のものですが、単に笑いを提供するだけにとどまるものではありません。けっこうシリアスな要素も含み込んだ問題作といった側面をもっています。それを知っていただきたくて講義目録に乗せたのです。

後者の『アンドロメダ』は断片です。完璧な形で残っていれば、その数々の新機軸がきっと話題を呼んだはずですが、ここでは古代後期（後二世紀）の文人ルキアノスの文章を借りて、単にシナリオを読むだけでなく演劇芸術全般を見晴るかすことに留意してみました。断片でありながら、完成品の持つ芸術的魅力以上の、いや、以外の面白さを味わえたのではないでしょうか。

今年の「ギリシア悲劇勉強会」では、古典古代の食文化に関する話も教材に使いましたが、課外授業として酷暑の八月に淡路島へ研修旅行を敢行しました。古典古代のアテナイの美食家はコパイス湖（ギリシア中部）産のウナギをとりわけ珍重しましたが、二一世紀のわれらが堪能したのはエーゲ海ならぬ瀬戸内海産のハモの寿司と鍋でした。

執筆にあたって、先回同様に、田中博明氏に忠告と督励をいただきました。

同じく久保田忠利氏に草稿の段階で目を通していただきました。

刊行にあたっては、これも先回同様に、未知谷（伊藤伸恵氏）の手を煩わせました。

感謝申し上げます。

二〇二一年十月二十二日　神戸 魚崎

丹下和彦

たんげ　かずひこ
大阪市立大学名誉教授　関西外国語大学名誉教授
1942 年　岡山県生まれ
1964 年　京都大学文学部卒業
『女たちのロマネスク』東海大学出版会
『旅の地中海』京都大学学術出版会
『ギリシア悲劇』中公新書
『ギリシア悲劇ノート』白水社
『食べるギリシア人』岩波新書
エウリピデス『悲劇全集１～５』訳、京都大学学術出版会
『ギリシア悲劇入門』未知谷

ギリシア悲劇の諸相

二〇二三年一月十三日印刷
二〇二三年一月二十五日発行

著者　丹下和彦
発行者　飯島徹
発行所　未知谷
東京都千代田区神田猿楽町二-五-九
〒一〇一-〇〇六四
Tel.03-5281-3751／Fax.03-5281-3752
［振替］00130-4-653627

組版　柏木薫
印刷　モリモト印刷
製本　牧製本

Publisher Michitani Co. Ltd., Tokyo
ISBN978-4-89642-682-3　C0098

―― 丹下和彦の仕事 ――

ギリシア悲劇入門

ギリシア悲劇と聞いて、アッ敷居が高いな、と思っていませんか？
心配ご無用です。観るも読むも自在でいいのです。
……
当らずといえどあれこれ考えてみる ―― それはいいことです。
そのうちにひょっと思いついたり、思い当たったりすることが出てきます、
「アッ、見つけた！」という瞬間がね。（「まえがき」より）

＊目次

160頁／本体1800円

未知谷